Autor _ E.T.A. Hoffmann
Título _ O pequeno Zacarias,
chamado Cinábrio

Copyright	Hedra 2009
Tradução©	Karin Volobuef
Título original	*Klein Zaches genannt Zinnober*
Corpo editorial	Alexandre B. de Souza, Bruno Costa, Caio Gagliardi, Fábio Mantegari, Iuri Pereira, Jorge Sallum, Oliver Tolle, Ricardo Valle, Ricardo Musse
Dados	Dados Internacionais de Catalogação na Publicação (CIP)
	O pequeno Zacarias, chamado Cinábrio / Hoffmann, Ernst Theodor Amadeus (organização e tradução Karin Volobuef) São Paulo : Hedra : 2009 Bibliografia.
	ISBN 978-85-7715-126-4
	1. Literatura alemã I. Ficção II. Literatura Fantástica
	CDD-833

Índice para catálogo sistemático:
1. Literatura alemã: Ficção 833

Direitos reservados em língua portuguesa somente para o Brasil

EDITORA HEDRA LTDA.

Endereço	R. Fradique Coutinho, 1139 (subsolo) 05416-011 São Paulo SP Brasil
Telefone/Fax	+55 11 3097 8304
E-mail	editora@hedra.com.br
Site	www.hedra.com.br

Foi feito o depósito legal.

Autor _ E.T.A. Hoffmann
Título _ O pequeno Zacarias, chamado Cinábrio
Organização e introdução _ Karin Volobuef
São Paulo _ 2009

hedra

Ernst Theodor Amadeus Hoffmann (Königsberg, 1776—Berlim, 1822), conhecido principalmente por sua narrativa fantástica, foi também compositor e pintor de apreciável renome. Formou-se em Direito, e a partir de 1800 serviu como funcionário do governo prussiano nas províncias polonesas, cargo em que permaneceu até a invasão e conquista da Prússia por Napoleão em 1806. Voltou então a Berlim e foi acometido com gravidade por uma febre tifoide. Após sua recuperação, viveu anos de escassez e trabalhou como professor de música até 1810, quando tornou-se diretor da orquestra do teatro de Bamberg. Dois anos depois transferiu-se para Leipzig e passou a escrever para o *Allgemeine Musikalische Zeitung*. Em 1813 mudou seu terceiro nome, que era Wilhelm, para Amadeus, motivado por sua admiração por Mozart. Em 1814 e no ano seguinte saem os quatro volumes de *Fantasiestücke in Callots Manner* (Quadros de fantasia à maneira de Callot), coleção de narrativas em que se inclui "O vaso de ouro" e "O Homem de Areia", de extensa fortuna. Na França, foi muito admirado e lido por escritores do porte de Balzac, Gautier, Nerval e Baudelaire, e já em 1829 aparecem as primeiras traduções, em quatro volumes (*Contes fantastiques de E.T.A. Hoffmann*, trad. M-Loève Weimars. Paris: Eugène Renduel), precedidas por uma apresentação escrita por ninguém menos que Walter Scott. A fortuna literária de Hoffmann só cresceu ao longo do tempo e Sigmund Freud cunharia um de seus conceitos, o *Unheimlich* ("estranho"), a partir da análise do conto "O Homem de Areia". Morreu de uma paralisia que o tomou progressivamente em 1822 deixando uma volumosa obra narrativa da qual apenas uma pequena parte foi traduzida e lida no Brasil.

O pequeno Zacarias, chamado Cinábrio (*Klein Zaches genannt Zinnober*) foi publicado em 1819, em Berlim. Num pequeno reino governado pelo príncipe Paphnutius, nasce, filho de uma mulher muito pobre, Zacarias, anão e corcunda, que seria por toda a vida um fardo incapaz de se sustentar. Ocorre que o pequeno recebe uma dádiva da senhorita von Rosenchön, que é, na verdade, a fada Rosabelverde, que precisa manter-se reclusa e incógnita desde que o príncipe decretou que toda a população do reino deveria guiar seu comportamento pelos princípios do Iluminismo e que as fadas deveriam ser deportadas de volta a seu lugar de origem, o Djinistão. Tal dádiva faz com que seja atribuída a Cinábrio toda bela ação que ocorre a sua volta. Motivada por sua bondade e pela percepção da mesquinhez do caráter de Cinábrio, a fada pretendia com isso que ele lapidasse o próprio caráter pelo contato com pessoas de refinada índole. Entretanto, algumas pessoas ficam inexplicavelmente imunes ao feitiço e passam a investigar por que todos celebram os grandes dotes e a formosura de Zacarias enquanto eles veem apenas o disforme e o grotesco. É uma fábula sobre as ilusões coletivas e suas motivações mesquinhas, que lembra um pouco "O alienista", de Machado de Assis, e o recente *Ensaio sobre a cegueira*, de José Saramago, bem como, no que se refere ao nascimento das personagens e a sua maturidade imediata, a personagem Macunaíma, do romance homônimo de Mário de Andrade. Em *O pequeno Zacarias* a intervenção sobrenatural funciona como um mecanismo pelo qual se pretende corrigir a natureza anômala e corrupta de Cinábrio, mas que faz somente acentuar os inexoráveis mecanismos de poder que determinam a ação das pessoas.

Karin Volobuef é professora de Literatura na Faculdade de Ciências e Letras da Unesp (Araraquara), graduou-se em Letras pela Unicamp, obteve o mestrado na USP em 1991 com dissertação sobre Hoffmann e doutorou-se na mesma universidade em 1996 com tese sobre a ficção romântica alemã e brasileira (*Frestas e arestas – A prosa de ficção do Romantismo na Alemanha e no Brasil*. São Paulo: Unesp, 1999). Traduziu, entre outros, Fouqué, Arnim, Tieck e Novalis, e publicou estudos sobre Kafka, Canetti e Hofmannsthal.

SUMÁRIO

Introdução, por Karin Volobuef	9
O PEQUENO ZACARIAS, CHAMADO CINÁBRIO	19
Primeiro capítulo	21
Segundo capítulo	38
Terceiro capítulo	54
Quarto capítulo	70
Quinto capítulo	81
Sexto capítulo	98
Sétimo capítulo	114
Oitavo capítulo	125
Nono capítulo	137
Último capítulo	152

INTRODUÇÃO

O PEQUENO ZACARIAS, CHAMADO CINÁBRIO é um conto de fadas, uma história de amor narrada com bom humor e ironia. Mas é também uma refinada sátira social e política da Prússia no início do século XIX, da qual não escapam governantes e burocratas, intelectuais e camponeses, estudantes e poetas. Trata-se de um texto ágil e envolvente, que diverte ao mesmo tempo em que leva o leitor a pensar e refletir sobre questões que surpreendentemente continuam hoje muito atuais.

Embora muito se tenha dito acerca do "escapismo" dos românticos, suas obras constituem na verdade uma resposta direta a questões de seu momento histórico, o que é especialmente visível no caso de Hoffmann. Isto se percebe inclusive em seus contos de fadas, nos quais o elemento mágico não serve simplesmente para imergir o leitor em uma atmosfera de sonho, mas sim para levá-lo a ver a própria realidade sob um novo prisma.

O pequeno Zacarias está entre as principais obras de Hoffmann e é um exemplo representativo de sua poética naquilo que ela reúne de mais importante. Apesar disso, este conto – como é em geral o caso de seus contos de fadas – é pouco conhecido pelo público leitor brasileiro, que em sua maioria conhece Hoffmann apenas como o "autor de contos de horror". Assim, algumas das suas obras mais significativas não chegam a ser divulgadas, o que faz com que a imagem de Hoffmann permaneça entre nós restrita e unilateral. A presente tradução visa contribuir para mudar esse estado de coisas e dar uma amostra da amplitude e diversidade do gênio desse autor.

E.T.A. Hoffmann é o escritor romântico alemão de maior repercussão internacional. Embora tivesse tido um extenso público na Alemanha enquanto ainda vivo, atravessou depois uma longa fase de esquecimento em seu próprio país, enquanto seu renome crescia no exterior. Apesar de sua importância só ter sido mais uma vez reconhecida em solo alemão no começo do século XX, ela já fora apontada por autores como Baudelaire, Poe, Gogol, Bécquer etc. E, pela influência que vem continuamente exercendo sobre autores e mesmo movimentos literários, a obra de Hoffmann assume cada vez mais um significado inquestionável.

Nascido em Königsberg (atual Kalinigrado), Hoffmann curvou-se à tradição familiar e estudou direito, dedicando-se à carreira jurídica entre 1795 e 1806, ano em que perdeu seu cargo em decorrência da invasão das tropas de Napoleão. Teve início então um período de sérias dificuldades financeiras (que durou até o seu retorno ao serviço público em 1814), que lhe ofereceu, em contrapartida, a chance de dedicar-se ao seu desenvolvimento artístico. Nessa época, ele se aprimorou como músico, descobriu seu talento literário, foi diretor do teatro de Bamberg, compositor (inclusive de uma ópera, *Undine*, concluída em 1816), desenhista, pintor, maestro e crítico musical, sendo mesmo considerado o inventor da crítica musical moderna.

Sua obra literária reflete esta versatilidade, reunindo textos em prosa sobre temáticas muito variadas. Assim, por exemplo, destacam-se diversas obras que giram em torno da música, dentre as quais podemos citar *O cavaleiro Gluck*, *Don Juan*, *Notícias acerca das mais recentes aventuras do Cachorro Berganza*, entre outras. Várias dessas obras de inspiração musical contam com a participação de um personagem que se tornou famoso no ambiente cultural da época: o maestro Johannes Kreisler (inspirador das famosas *Kreislerianas* de Schumann). Nele, Hoffmann criou uma figura exemplar, com todas as características do músico temperamental, dedicado exclusivamente à sua arte e alheio aos aspectos práticos da vida — o que contribuiu para a imagem do artista romântico exacerbado, mito que Paganini personificou com perfeição.

Uma outra faceta de sua obra é constituída pelos seus "contos de horror", povoados de motivos como o autômato, o sósia ("Doppelgänger"), a loucura ou o pesadelo. Muitas vezes, como em *O morgado*, o sobrenatural insere-se em ambiente tipicamente gótico: o castelo sombrio e isolado, palco de um ignóbil crime. Em outros casos, o elemento horripilante e sobre-humano ganha uma outra dimensão: a das neuroses e traumas psicológicos, a exemplo do *Homem de Areia*, muito famoso devido à análise que Freud apresentou em seu *Das Unheimlich*.

Entre as obras de cunho mais realista sobressai, entre outras, *A senhorita de Scudéry* — uma elaborada narrativa que contém o gérmen do conto policial, gênero cuja criação propriamente dita é atribuída a Edgar Allan Poe. Muito embora neste conto ainda esteja ausente a indispensável figura do detetive, Hoffmann antecipa diversos elementos e situações que mais tarde integrarão o repertório clássico da história policial: diversos suspeitos são ouvidos repetidamente a fim de se encontrar pistas, emprega-se tanto a análise objetiva dos acontecimentos como a intuição na tentativa de solucionar o crime etc.

Marcadamente inovador, — e tido como uma de suas obras-primas — é o seu romance *O gato Murr*, uma paródia do "romance de formação" (gênero pautado no *Wilhelm Meister* de Goethe). Nele, o próprio gato relata suas experiências em uma hilariante narrativa que é de tempos em tempos interrompida por trechos desordenados da biografia do maestro Kreisler, que se teriam "acidentalmente" misturado ao manuscrito do felino. A técnica de tramas paralelas, a aparente desconexão entre as duas histórias, a presença de lacunas etc. tornaram esse romance um grande embaraço para o seus contemporâneos. Contudo, ao romper com as categorias tradicionais de tempo e espaço e adotando a diversidade de planos narrativos, Hoffmann criou uma obra que se furta aos critérios literários clássicos e se antecipa aos parâmetros introduzidos pelos romances de Mann, Musil e Broch.

Ocupando um lugar proeminente no conjunto das obras de Hoffmann estão alguns de seus contos de fadas: *O pote de ouro*, *O pequeno Zacarias*, *A princesa Brambilla* e o *Mestre Pulga*. Traço peculiar desses contos de fadas é o entrelaçamento de elementos mágicos ou encantados com aspectos extraídos da vida cotidiana. Assim, apesar das fadas e duendes, feitiços e animais falantes, vemos os problemas mais banais do dia a dia representados com acuidade e riqueza de detalhes. Por meio da conjunção desses elementos tão díspares o autor consegue levar o seu leitor a encarar a realidade de modo mais crítico. Para esse fim, os contos de fadas de Hoffmann costumam estar ambientados em cidades e locais públicos bem conhecidos, e a ação se passa em data específica (e, na falta desta, sempre são fornecidos indícios claros que permitem inferir a época dos acontecimentos). Os personagens são retratados com profissão determinada, linguagem característica de seu meio, costumes e valores correspondentes à sua posição social.

O quanto Hoffmann se ateve à realidade extra-ficcional pode ser atestado pela censura sofrida pelo seu último conto de fadas, *O mestre Pulga*, cujo processo remonta à nomeação de Hoffmann (em 1819) para integrar uma comissão especial de investigação e julgamento de supostos complôs de grupos revolucionários – ou seja, grupos de tendência liberal, opostos ao regime monárquico absolutista fortalecido pela Restauração de 1815. A sua atuação íntegra e imparcial rendeu-lhe a fama de seriedade e honradez. Mas, por outro lado, sua recusa em compactuar com as manobras planejadas por burocratas empenhados em ascender hierarquicamente com rapidez, tornaram-no alvo de rancor e desejo de vingança. Assim foi que, antes da publicação do *Mestre Pulga*, circularam rumores (aliás, corretos), segundo os quais o autor teria utilizado em seu conto passagens extraídas de processos jurídicos verdadeiros. Depois de apreendido o manuscrito, o conto foi publicado com alguns trechos censurados (reencontrados apenas em 1906), e o autor processado. A morte de Hoffmann, causada por uma doença na medula espinhal que o deixara parcialmente paralisado, impediu-o de ouvir o veredito final sobre o seu caso.

***

O pequeno Zacarias difere dos demais contos de fadas de Hoffmann pela variedade e amplitude de seus elementos satíricos e pelo destaque conferido a assuntos políticos, enquanto outros contos acentuam mais a crítica à sociedade nos seus aspectos culturais.

Para entendermos melhor esse conto, escrito em 1818 e publicado no ano seguinte, devemos ter em mente as condições históricas da época vivida por Hoffmann. Após a derrota de Napoleão em 1815, os representantes das diversas nações europeias reuniram-se no Congresso de Viena, o qual visava redefinir as fronteiras nacionais. Politicamente, a Alemanha nessa época ainda não era um estado unificado, mas um aglomerado de pequenos reinos e principados, cada um com seu próprio conjunto de leis, moeda, sistema alfandegário etc.

Dentre esses reinos destaca-se a Prússia como uma das maiores forças militares e econômicas. É aqui que se desenrola a história de *O pequeno Zacarias*, ou seja, na Prússia do período da Restauração, época em que, sob os auspícios do Congresso de Viena, as monarquias europeias e a aristocracia em geral agiam no sentido de barrar o avanço da tendência burguesa liberal, procurando reinstaurar os antigos direitos e privilégios contra os quais se levantara a

Revolução Francesa. Dessa forma, podemos dizer que, no conto, os episódios referentes à perseguição sofrida pelas fadas e à roupa enfeitiçada de Fabian constituem uma denúncia contra o controle ideológico e a prática da violência empregados por esse governo autoritário e despótico que procurava garantir seu poder através da repressão e abuso dos direitos individuais.

Deve-se ainda lembrar que a posição de destaque da Prússia fora alcançada entre os anos de 1740 e 1786, quando governou Frederico II, o Grande. Esse monarca foi um "déspota esclarecido", defensor das ideias iluministas provenientes da França, que implantou uma série de reformas em seu reino. Quando lemos sobre a arrevesada instauração do "Iluminismo" por Paphnutius (uma série de medidas supostamente destinadas a trazer o progresso e eliminar o obscurantismo), não devemos imaginar que Hoffmann estivesse rejeitando o Iluminismo dos enciclopedistas, ou defendendo uma postura irracionalista. Seu objetivo é mostrar que o racionalismo propalado por certos grupos sociais (os governantes, oriundos da aristocracia) é equivocado e mistificador, levando em última análise não a uma libertação mas a uma opressão mais eficaz.

Como se vê no episódio da roupa enfeitiçada de Fabian, a liberdade de pensamento representa um perigo para um Estado que se sustenta, em parte, através do controle ideológico e que fomenta um racionalismo e um progresso apenas ilusórios, os quais não conduzem a uma reavaliação da situação política e à consequente eliminação dos privilégios da classe governante. Outro sustentáculo do regime é o aparelho burocrático, que fornece igualmente um importante apoio à burguesia, trazendo-lhe segurança financeira e garantindo-lhe prestígio social (por meio de empregos e cargos). Mas, nesse sentido, também aqui a burguesia é lograda: a ascensão hierárquica não obedece aos valores burgueses de eficiência e dedicação; os cargos mais proeminentes ficam restritos à aristocracia, ou então são ocupados por indivíduos que se valem de manobras escusas ou da adulação a seus superiores para serem promovidos.

Neste sentido, embora se considere racional, lúcida e, principalmente, progressista, a sociedade atém-se a valores ultrapassados e preconceituosos. Escrevendo em plena época da Restauração, quando o anseio por liberdade estava sendo sufocado pelo fortalecimento da monarquia, Hoffmann critica a ingenuidade dos grupos sociais que se curvam ante as imposições da aristocracia (o "Iluminismo" de Paphnutius), aceitando e até usufruindo da política de favores que reina em sua burocracia: Zacarias, apesar de sua incompetência, é promovido aos altos escalões do Estado, enquanto jovens eficientes e talentosos como Adrian e Pulcher são preteridos; Mosch Terpin também alcança altos postos não em função de seus méritos, mas pela influência de seu futuro genro; e, finalmente, Prätextatus von Mondschein procura angariar para si os méritos referentes aos trabalhos de seus subordinados. Tudo isso nos confere um indício manifesto de que o "encantamento" de Zacarias deve ser entendido como uma alegoria, uma forma velada de representar as fraudes e desonestidades reinantes na vida pública. Por extensão, a deformidade física e, principalmente, moral de Zacarias – uma vez que não é percebida nem desmascarada por ninguém – representa a deformidade de toda uma sociedade, incapaz de perceber e corrigir suas próprias deficiências.

Assim, o papel alegórico do encantamento de Zacarias é mostrar que aquilo que esta sociedade acredita ser real é apenas mera aparência ou ilusão. A incoerência das opiniões, julgamentos e atos revela o caráter extremamente frágil desta pretensa racionalidade, da qual os "esclarecidos" se gabam. E justamente estes são os mais iludidos por Zacarias, e os mais incapazes de dissipar a falsa impressão derivada de uma apreensão superficial dos fatos.

Hoffmann também acusa a hipocrisia e falta de escrúpulos no campo intelectual e científico. De fato, os intelectuais da Universidade de Kerepes, supostamente capacitados para desenvolver uma reflexão independente e crítica, submetem-se de bom grado ao edito do Iluminismo, convencendo-se da inexistência das fadas apenas porque Paphnutius assim o decretou. Ao aceitar um ponto de vista exteriormente imposto, o cientista fecha-se a novas especulações sobre o mundo, sua atividade restringe-se à mera classificação de fenômenos "autorizados" e a observação torna-se estéril, dado que o pesquisador não se pergunta sobre o motivo e o fim de sua investigação. Assim, Mosch Terpin limita-se efetivamente a uma mera atividade classificatória, que simplifica os problemas sem, na verdade, conseguir resolvê-los ou explicá-los, limitando-se a dizer o óbvio (por exemplo, que a escuridão provém da ausência de luz). Em vista disso, as "descobertas" de Terpin não servem ao progresso da ciência, mas ao enaltecimento de sua pessoa e ao sucesso de sua carreira pública.

O empirismo superficial e imediatista de Terpin está em direta contraposição às especulações abstratas de Ptolomäus Philadelphus. Enquanto Terpin se compraz em um experimentalismo irrefletido, Philadelphus baseia sua pesquisa no desdobramento de simples conjeturas acerca do objeto de estudo. Se para a "ciência" de Terpin falta um embasamento teórico e crítico, as "investigações" de Philadelphus estão desprovidas da indispensável base observacional. Por diversas que sejam suas metodologias, a vaidade e o desejo de autopromoção regem ambos os "cientistas", enquanto seus trabalhos revelam-se igualmente inúteis e nada objetivos.

Mas Hoffmann não critica apenas os burocratas e os intelectuais: também não escapam os cidadãos que dão sustentação para que esse estado de coisas permaneça. A cena em que os convivas se mostram desejosos de ouvir o poema de Balthasar — apenas porque já se inteiraram de todos os mexericos da cidade ou porque os comes e bebes ainda vão demorar a ser servidos — é um quadro satírico do horizonte cultural do pequeno burguês, fascinado pelo mundo das aparências e ansioso por subir na escala social. Pretendendo exibir um gosto pelas artes que na verdade não possui, o objetivo do pequeno burguês é apenas o da ostentação social, em uma tentativa burlesca de imitar o gosto e os hábitos das classes mais elevadas.

Enquanto revestida de uma imagem de progresso, a introdução do "Iluminismo" reproduz a escalada na sociedade dos valores burgueses, segundo os quais só é respeitável o que pode ser explorado para fins práticos e lucrativos. Contra esse pano de fundo, as fadas — que personificam a fantasia e sensibilidade poética — necessariamente são consideradas indivíduos inúteis ou mesmo prejudiciais. Paradoxalmente, são justamente os indivíduos ligados às fadas e aos elementos mágicos em geral — Prosper Alpanus e Balthasar — que desvendam o mistério do poder de Zacarias.

Todos os segmentos da sociedade encontram-se representados em *O pequeno Zacarias* de uma forma cômica. No entanto, a estrutura burocrática e o sistema político fundamentados nos privilégios da aristocracia, e a mentalidade retrógrada da pequena burguesia, são o principal alvo da sátira de Hoffmann. O emprego de expressões carregadas de ironia, a exibição de personagens e cenas grotescas e a descrição caricatural do sistema político e do meio sociocultural são os instrumentos básicos a serviço do autor na elaboração do texto.

Nada do que foi dito, porém, deve levar o leitor a esperar uma exposição enfadonha e moralista das mazelas da sociedade. A crítica é, por assim dizer, um aspecto a ser lido apenas nas entrelinhas. *O pequeno Zacarias* é, antes de mais nada, um conto de fadas destinado a divertir e enlevar o leitor por algumas boas horas. Isso porque Hoffmann não opôs de maneira simplista o bem ao mal, mas buscou narrar as desventuras de nossos heróis com ironia e bom humor. O próprio personagem-título, o vilão da história — interpondo-se entre Balthasar e Cândida e valendo-se inescrupulosamente de seu dom mágico para "levar vantagem em tudo" — não deixa de, às vezes, despertar nossa simpatia. Balthasar, por seu lado, incorpora muitos trejeitos do poeta excessivamente sentimental e seu casamento com Cândida revelar-se-á ao final como um repositório de todas as virtudes burguesas tradicionais.

Zacarias não tem consciência do mal que inflige. Sua trajetória remete-nos ao próprio cidadão comum que, incapaz de ter uma visão mais ampla, almeja inocentemente apenas a sua felicidade pessoal e egoísta. Devemos lembrar-nos de que Zacarias só se torna de fato um "malfeitor" porque é incapaz de perceber seus erros e de corrigi-los. Tal como o restante da sociedade retratada por Hoffmann, ele se deixa guiar por interesses imediatistas, sem atentar para a responsabilidade de cada um frente à comunidade em que vive. Assim, ele funciona como um espelho dos erros de todos os demais, erros esses que são os responsáveis pela sua meteórica ascensão. Mas... Talvez seja chegada a hora de o leitor começar a ler a história de nosso anãozinho e, assim, tirar suas próprias conclusões.

O PEQUENO ZACARIAS, CHAMADO CINÁBRIO

PRIMEIRO CAPÍTULO

O pequeno monstrengo – Grande perigo de um nariz sacerdotal – Como o príncipe Paphnutius introduziu o Iluminismo em seu reino e a fada Rosabelverde ingressou em um estabelecimento de reclusão para moças nobres.

Nas imediações de uma graciosa aldeia, logo à beira do caminho, uma pobre camponesa em farrapos jazia estirada no chão que ardia com o calor do sol. Atormentada pela fome, ressequida pela sede, quase sucumbindo de fraqueza, a infeliz havia caído sob o peso do cesto carregado de uma grande pilha de lenha seca, recolhida a duras penas na floresta, debaixo das árvores e arbustos; e, como mal conseguia respirar, não tinha mais dúvidas de que estava prestes a morrer e que assim, pelo menos, sua desgraçada miséria terminaria de uma vez. No entanto, logo conseguiu reunir forças suficientes para soltar as cordas com as quais tinha atado o cesto de madeira às costas, e alçar-se até um torrão de relva que havia ali perto. Lá ela prorrompeu em altas lamentações:

— Será — lastimava-se — será que todas as necessidades e misérias têm de se abater unicamente sobre mim e meu pobre marido? Não somos nós, afinal, os únicos na aldeia que, apesar de todo o trabalho, todo o suor penosamente derramado, permanecemos em constante pobreza, mal conseguindo o bastante para aplacar a fome? Há três anos, quando meu marido encontrou aquelas moedas de ouro ao remexer a terra em nossa horta, aí sim, acreditamos que a sorte tinha finalmente batido à nossa porta e que os bons tempos iriam começar; mas o que aconteceu!... Ladrões roubaram o dinheiro, a casa e o celeiro queimaram debaixo de nosso nariz, o cereal no campo foi destroçado pelo granizo e, para cúmulo de nosso sofrimento, o céu ainda nos castigou com este pequeno monstrengo que eu dei à luz para a vergonha e o escárnio de toda a aldeia... No dia de São Lourenço[1] o menino completou dois anos e meio mas, com suas perninhas de aranha, não consegue ficar em pé nem andar e, em vez de falar, rosna e mia como um gato. Além disso, o malfadado aborto devora sua comida como se fosse o mais forte dos meninos de pelo menos oito anos sem que isso lhe traga o menor proveito. Que Deus tenha piedade dele e de nós por sermos obrigados, para nosso tormento e maior penúria, a alimentar o menino até que fique grande; pois certamente o Pequeno Polegar irá comer e beber sempre mais e mais, mas trabalhar, ah, isso ele não vai fazer em toda a sua vida!... Não, não, isto é mais do que um ser humano pode aguentar sobre esta Terra!... Ah, se eu apenas pudesse morrer... apenas morrer!

E com isto a pobre começou a chorar e a soluçar até que, subjugada pela dor, totalmente enfraquecida, adormeceu...

Com razão a mulher podia lamentar-se pelo horrível monstrengo que trouxera ao mundo há dois anos e meio. Aquilo, que bem se poderia tomar à primeira vista por um toquinho de madeira estranhamente retorcido, era de fato um menino disforme que mal alcançava dois palmos de altura e que, tendo-se arrastado para fora do cesto onde estava estendido de través, agora rolava grunhindo sobre a relva. A coisinha tinha a cabeça profundamente enfiada por entre os ombros, o lugar das costas era ocupado por uma excrescência semelhante a uma abóbora e, logo abaixo do peito, pendiam-lhe as perninhas finas como vara de aveleira, de modo que o menino parecia um rabanete

---

[1] 10 de agosto. [Todas as notas são da tradutora, exceto quando indicadas.]

partido. Seria difícil que olhos obtusos discernissem algo do rosto, mas, olhando-se mais atentamente, com certeza se perceberia o nariz comprido e pontiagudo que despontava em meio aos cabelos escuros e desgrenhados, e um par de pequenos olhinhos negros e faiscantes que — sobretudo tendo em vista os traços de resto bem envelhecidos e enrugados do rosto — pareciam anunciar uma pequena mandragorazinha.

Ora, assim que — como foi dito — a mulher, vencida pelo pesar, havia caído em profundo sono, e o seu filhinho rolado até bem perto dela, ocorreu que a senhorita von Rosenschön, dama do claustro que ficava nas proximidades, vinha passando lentamente por este caminho de volta para casa após um passeio. Ela deteve-se e, dado que era de natureza terna e compassiva, ficou comovida pela cena de miséria que tinha à sua frente.

— Oh, céus — exclamou — quanta desolação e penúria existem sobre esta Terra!... Pobre e infeliz mulher! Eu sei que ela mal consegue levar a vida, e mesmo assim trabalha acima de suas forças e caiu de fome e desgosto! Quão profundamente sinto agora minha pobreza e impotência! Ah, se eu pudesse realmente ajudar como gostaria!... Mas o que ainda me restou, os poucos dons de que ainda disponho e que o destino hostil não conseguiu me arrebatar ou destruir, quero empregar com força e dedicação para combater este sofrimento. Dinheiro, ainda que eu o possuísse, em nada a ajudaria, pobre mulher, e poderia até mesmo piorar sua situação. A você e a seu marido, a vocês dois decididamente não está destinada a riqueza, e quando a riqueza não está destinada a alguém, as moedas de ouro lhe desaparecem do bolso sem que ele próprio saiba como, não lhe trazendo senão grandes dissabores, e quanto mais dinheiro lhe aflui, tanto mais pobre se torna. Mas eu sei que, mais do que toda a pobreza, mais do que todo o infortúnio, o que está atormentando seu coração é o fato de ter dado à luz este pequeno monstrinho que se escora em você como uma carga maligna e temível, que você é forçada a carregar pela vida afora. Alto... belo... forte... inteligente, não, nada disso o menino vai mesmo se tornar, mas talvez ele ainda possa ser ajudado de outro modo...

Com isto ela sentou-se na relva e tomou o pequeno ao colo. A maldosa mandragorazinha esperneou e debateu-se, rosnou e quis morder o dedo da senhorita von Rosenschön, mas esta lhe disse:

— Calma, calma, pequena joaninha! — enquanto lhe passava a palma da mão leve e suavemente ao longo da cabeça, desde a testa até a nuca.

Durante esta carícia, o cabelo desgrenhado do pequeno foi-se alisando aos poucos até cair, repartido e bem alinhado à testa, em belos cachos macios sobre os ombros altos e as costas de abóbora. O pequeno foi se acalmando cada vez mais até, por fim, adormecer profundamente. Nesse momento a senhorita Rosenschön deitou-o cuidadosamente na relva bem ao lado da mãe, respingou nela um pouco de água de cheiro do frasco de perfume que havia retirado da bolsa, e afastou-se com passos rápidos.

Quando pouco depois a mulher acordou, sentia-se maravilhosamente refrescada e fortalecida. Tinha a impressão de ter feito uma boa refeição e tomado um bom gole de vinho.

— Ai — exclamou — quanto consolo, quanta disposição este bocadinho de sono me trouxe!... Mas o sol já quase se pôs atrás das montanhas, temos de ir para casa agora!...

A seguir, a mulher ia atar o cesto às costas, mas, ao olhar para dentro dele, notou a falta do pequeno, o qual nesse mesmo instante se erguia da relva choramingando. Quando a mãe voltou os olhos em sua direção, bateu palmas de admiração e exclamou:

— Zacarias... Pequeno Zacarias, mas quem foi que

nesse meio tempo penteou seu cabelo de maneira tão bonita? Zacarias... Pequeno Zacarias, como estes cachos lhe ficariam bem se você não fosse um menino tão horrivelmente feio!... Bem, agora venha, venha!... Para dentro do cesto!

Ela ia pegá-lo para estendê-lo sobre a lenha, mas o pequeno Zacarias esperneou, fez uma careta para a mãe e miou de modo bem audível:

— Não quero!

— Zacarias!... Pequeno Zacarias — gritou a mãe fora de si — mas quem foi que nesse meio tempo ensinou você a falar? Ora, se você tem o cabelo tão bem penteado, se você sabe falar tão bem, então com certeza também saberá andar.

De um golpe a mulher recolocou o cesto às costas, o pequeno Zacarias enganchou-se em seu avental, e assim seguiram rumo à aldeia.

Para chegar lá, tinham que passar em frente à casa do pároco, e ocorreu que este se encontrava à porta com o seu filho mais novo, um lindo garoto de três anos de idade, com belos cachos dourados. Quando o pároco viu a mulher aproximando-se com o pesado cesto de lenha e o pequeno Zacarias pendurado em seu avental, exclamou em sua direção:

— Boa tarde, senhora Liese, como tem passado? Mas a senhora recolheu um fardo pesado demais e mal consegue seguir em frente. Venha, descanse um pouco neste banco em frente à minha porta, minha criada virá oferecer-lhe uma bebida refrescante!

Liese não esperou que ele lhe dissesse isso duas vezes e, baixando seu cesto, estava prestes a abrir a boca para queixar-se àquele respeitável senhor de toda a sua miséria e infortúnio, quando o pequeno Zacarias, que perdera o equilíbrio com o brusco movimento da mãe, foi lançado aos pés do pároco. Este abaixou-se rapidamente e ergueu o pequeno enquanto dizia:

— Ai, senhora Liese, mas que menino lindo e adorável a senhora tem aí. É uma verdadeira bênção dos céus possuir um filho tão maravilhoso — e, com isso, tomou o pequeno nos braços e acariciou-o, não parecendo de modo algum notar que o malcriado Pequeno Polegar rosnava e miava de forma muito desagradável e até tentava morder o respeitável senhor no nariz.

Liese, no entanto, estava completamente atônita diante do clérigo e fitava-o com olhos escancarados e imóveis, não sabendo o que deveria pensar:

— Ah, prezado senhor pároco — começou por fim a dizer com voz chorosa, um homem de Deus, como o senhor, com certeza não estará escarnecendo de uma pobre e infeliz mulher, a quem o céu, por motivos que apenas ele mesmo conhece, castigou com este abominável monstro!

— Mas — replicou o sacerdote em um tom muito sério — mas que bobagens são essas, cara senhora! Escárnio, monstro, castigo do céu... Não consigo absolutamente entendê-la, e sei apenas que a senhora deve estar totalmente cega se não ama seu belo menino de todo o coração... Beije-me, gentil homenzinho!

O pároco abraçou o pequeno, mas Zacarias rosnou:

— Não quero! — e investiu novamente contra o nariz do sacerdote.

— Veja a besta maligna! — exclamou Liese assustada.

Mas neste momento o filho do pároco disse:

— Ah, querido pai, o senhor é tão bondoso, o senhor é tão gentil com as crianças que todas elas certamente o amam do fundo do coração!

— Oh, ouça só — exclamou o pároco com os olhos brilhando de alegria — oh, ouça só, senhora Liese, o belo e inteligente menino, seu querido Zacarias, ao qual a senhora quer mal. Já percebo, a senhora nunca irá ligar para ele, não importa quão formoso e inteligente ele seja. Ouça, senhora Liese, entregue-me seu filho tão promissor para que eu o crie e eduque. Dada a sua opressora pobreza, o menino apenas lhe será um peso, e para mim será uma satisfação criá-lo como meu próprio filho!

Liese não conseguia voltar a si de tão atônita, e seguia repetindo:

— Mas prezado senhor pároco... senhor pároco, será que o senhor está mesmo dizendo seriamente que quer tomar para si a pequena deformidade, criá-la, e libertar-me da penúria que me traz esse monstro?

No entanto, quanto mais a mulher descrevia ao pároco a abominável feiura de sua mandragorazinha, tanto mais fervorosamente este afirmava que ela, na sua louca cegueira, não merecia de modo algum ter recebido do céu a prodigiosa dádiva de um garoto tão maravilhoso; até que, por fim, totalmente enraivecido, entrou em casa com o pequeno Zacarias ao colo e trancou a porta por dentro.

Lá ficou então Liese, como que petrificada, diante da porta do pároco, não sabendo o que pensar de tudo aquilo.

— Cáspite! — disse a si mesma — O que terá acontecido com o nosso digno senhor pároco para que ele ficasse tão enlouquecido pelo meu pequeno Zacarias a ponto de tomar o tolo fedelho por um menino belo e inteligente? Bem, que Deus ajude o bondoso homem; ele tirou o peso das minhas costas e tomou para si o fardo, ele que veja agora como conseguirá carregá-lo! Ah! Como o cesto de lenha agora ficou leve, já que não está mais sentado em cima dele o pequeno Zacarias e, com ele, a maior das preocupações!

Em seguida, Liese, com o cesto de lenha às costas, tomou o seu caminho alegre e bem disposta!

Mesmo que por ora eu ainda quisesse silenciar totalmente sobre o assunto, com certeza você, amigo leitor, já terá suspeitado de que deve haver alguma circunstância fora do comum envolvendo a reclusa von Rosenschön, ou

Rosengrünschön, como ela também se chamava. Pois o fato de que o pequeno Zacarias tenha sido tomado pelo bondoso pároco como uma criança bela e inteligente, sendo logo adotado como um filho, não foi certamente senão o misterioso efeito de ela ter acariciado sua cabeça e alisado seus cabelos. Ainda assim, prezado leitor, você poderia, não obstante a sua excelente perspicácia, entregar-se a falsas suposições ou, até mesmo, em grande detrimento de nossa história, saltar várias páginas para de imediato ficar sabendo mais acerca da misteriosa dama; sendo assim, é melhor sem dúvida que eu conte logo tudo o que eu mesmo sei sobre a digna donzela.

A senhorita von Rosenschön era de estatura alta, porte nobre e majestoso, e temperamento um pouco altivo e imperioso. Embora fôssemos imediatamente levados a considerá-lo muito formoso, seu rosto, em especial quando ela, como de costume, olhava fixamente à sua frente com seriedade e obstinação, causava uma impressão estranha, quase assustadora, o que se devia sobretudo a um traço bastante estranho e particular entre as sobrancelhas, do qual não se saberia muito bem se de fato uma nobre donzela reclusa poderia ostentá-lo na testa. Por outro lado — notadamente na época da floração das rosas, em dias claros e de bom tempo — também havia frequentemente tanta benevolência e graça em seu olhar que todos se sentiam cativados por uma doce e irresistível magia. Quando tive a honra de ver a nobre senhorita pela primeira e última vez, ela era, pelas aparências, uma mulher que alcançara o pleno desabrochamento de seus anos, o ponto culminante antes do retrocesso, e eu supunha ter sido premiado pela sorte por ainda ter podido ver a dama neste apogeu e assustar-me, de certo modo, com a sua maravilhosa beleza, o que muito em breve provavelmente não mais ocorreria. Mas eu estava enganado. As pessoas mais idosas da aldeia asseguraram-me de que conheciam a nobre donzela há tanto tempo quanto conseguiam recordar-se, e de que a dama nunca tivera outra aparência, nem mais velha nem mais jovem, nem mais feia nem mais bonita do que tal como agora. O tempo, portanto, não parecia ter poder sobre ela, e só isso já poderia causar estranheza a muitos. Mas havia ainda muitas outras coisas com as quais qualquer um, se refletisse seriamente sobre elas, igualmente se espantaria, a ponto de, por fim, certamente não conseguir desvencilhar-se do assombro no qual se encontraria emaranhado. Para começar, revelava-se na moça o parentesco com as flores cujo nome ela trazia. Pois não apenas ninguém no mundo era capaz, como ela, de cultivar rosas tão esplêndidas, com milhares de pétalas, como também aquelas flores brotavam na maior abundância e na forma mais soberba do pior e mais seco espinho que ela houvesse enfiado no solo. Fora isso, sabia-se com certeza que, durante passeios solitários na floresta, ela mantinha sonoras conversas com vozes misteriosas que pareciam provir das árvores, dos arbustos, das fontes e regatos. Um jovem caçador até mesmo a tinha espreitado quando certa vez ela se encontrava no interior da mais cerrada mata, e estranhos pássaros de plumagem colorida e brilhante, que absolutamente não havia no reino, esvoaçavam em torno dela e a acariciavam, e, com alegres cantos e gorjeios, pareciam contar-lhe uma variedade de coisas divertidas, com o que ela ria e ficava contente. Isto explica por que a senhorita von Rosenschön, quando chegou para morar no claustro, não tardou a chamar a atenção de todos na região. Sua admissão no estabelecimento para moças nobres tinha se dado por ordem do príncipe, motivo pelo qual o barão Prätextatus von Mondschein, dono da propriedade em cuja proximidade se localizava aquele estabelecimento, do qual ele era administrador, não pôde opor-se, muito embora fosse acometido pelas mais terríveis incertezas. Pois resultaram inúteis os seus esforços para encontrar a família Rosengrünschön no *Livro de Jus-*

tas de Rüxner[2] e em outras crônicas. Em vista disso, era com razão que ele punha em dúvida o direito da moça – que não podia apresentar uma árvore genealógica com 32 antepassados – de ser admitida no estabelecimento, e suplicou-lhe por fim, todo contrito e com lágrimas nos olhos, que pelo amor de Deus ao menos não usasse o nome Rosengrünschön, mas Rosenschön, pois neste último ainda havia algum bom senso e a possibilidade de um antepassado. Ela assim o fez para agradá-lo. Talvez o magoado Prätextatus manifestasse seu rancor contra a moça sem antepassados de uma ou outra maneira, dando origem aos maledicentes falatórios que se espalhavam mais e mais pela aldeia. Pois àquelas conversas mágicas na floresta, que todavia não eram de maior importância, acrescia-se uma série de circunstâncias suspeitas, que passavam de boca em boca e mostravam a verdadeira natureza da moça sob uma forma equivocada. Mãe Anne, a mulher do alcaide, afirmava resolutamente que, sempre quando a senhorita espirrava com força em direção à janela, o leite de toda a aldeia azedava. Mal isso se tinha confirmado quando se deu o terrível incidente. Michel, o filho do mestre-escola, estava furtando batatas assadas no cabido e foi surpreendido pela reclusa que, sorrindo, ameaçou-o com o dedo. A boca do menino permaneceu aberta, exatamente como se ele continuamente aí tivesse uma batata assada em brasa, e, a partir de então, ele se viu obrigado a usar um chapéu com uma aba larga e saliente, pois, caso contrário, a chuva cairia na boca do infeliz. Logo espalhou-se a convicção de que a senhorita Rosenschön sabia conjurar fogo e água, agregar nuvens de tempestade e granizo, espalhar a plica polônica[3] etc., e ninguém duvidou da declaração do pastor

---

[2] O livro de Georg Rüxner, publicado pela primeira vez em 1530, era um relato acerca das origens dos torneios medievais, bem como dos brasões das famílias nobres. A última edição é de 1720.

[3] Doença dos cabelos introduzida por invasores mongóis na Polônia, onde em

de ovelhas que alegava ter visto, com calafrios de pavor, como a senhorita voava zunindo pelos ares em uma vassoura, à meia-noite, tendo à sua frente um monstruoso cervo voador[4] de cujas antenas subiam altas chamas azuis! Todos então se alvoroçaram, querendo prender a feiticeira, e os tribunais da aldeia decidiram nada menos que arrancar a moça do claustro e atirá-la na água para que fosse submetida ao costumeiro teste das bruxas.[5] O barão Prätextatus permitiu que tudo isso acontecesse e disse sorrindo para si mesmo:

— Isso é o que acontece a pessoas simplórias sem antepassados e que não têm uma linhagem tão boa como a dos Mondschein.

A reclusa, informada acerca dos abusos que a ameaçavam, refugiou-se na capital, e logo a seguir o barão Prätextatus recebeu uma ordem do gabinete do príncipe do reino, pela qual era notificado da inexistência de bruxas e recebia a ordem de lançar ao calabouço os magistrados da aldeia pelo seu impertinente desejo de contemplar as habilidades natatórias de uma reclusa, e a recomendação de insinuar aos demais camponeses e suas mulheres, com a ameaça de um vigoroso castigo corporal, que não pensassem mal da senhorita Rosenschön. Todos caíram em si, ficaram com medo da punição com que tinham sido ameaçados e passaram desde então a pensar bem da moça, o que para ambas as partes, tanto a aldeia como a senhorita Rosenschön, teve as mais benéficas consequências.

No gabinete do príncipe sabia-se muito bem que a senhorita von Rosenschön não era ninguém menos do que a

---

1287 se instalou verdadeira epidemia. Havia a crendice popular de que duendes malévolos eram responsáveis pela transmissão da doença.

[4] "Hirschkäfer": besouro da espécie *Lucanus cervus*.

[5] Teste que, no século XVII, acreditava-se ser infalível para detectar bruxas: a mulher tinha sua mão direita atada ao pé esquerdo, e a mão esquerda ao pé direito e, em seguida, era jogada na água – se boiasse, isso era prova incontestável de que se tratava de uma bruxa.

fada Rosabelverde, outrora famosa e conhecida no mundo inteiro. A história por detrás de todo este caso é a seguinte:

Em toda a vasta Terra provavelmente seria difícil encontrar um lugar mais charmoso do que o pequeno principado no qual se situava a propriedade do barão Prätextatus von Mondschein, no qual residia a senhorita von Rosenschön e, em resumo, no qual se passou tudo isso que eu, meu estimado leitor, pretendo contar-lhe em detalhes.

Cercado de altas montanhas, o pequeno reino, com suas florestas verdes e perfumadas, suas campinas floridas, seus rios rumorejantes e alegres fontes a borbulhar, assemelhava-se — sobretudo pelo fato de não haver cidades, mas apenas aprazíveis aldeias e, aqui e acolá, alguns poucos palácios isolados — a um jardim esplêndido e maravilhoso, no qual os moradores caminhavam como que por puro prazer, livres de todo o fardo que pesa sobre a existência. Todos sabiam que o príncipe Demetrius conduzia o reino; ninguém, entretanto, notava a menor interferência do governo, e todos estavam plenamente satisfeitos com a situação. Pessoas que amavam a liberdade plena em todos os seus afazeres, uma bela região, um clima ameno, não poderiam escolher uma morada melhor do que este principado; e foi assim que, entre outros, diversas excelentes fadas, do tipo benevolente, que notoriamente prezam o calor e a liberdade acima de tudo, lá também se estabeleceram. A elas devia provavelmente ser atribuído o fato de que, em quase todas as aldeias, mas em especial nas florestas, ocorriam amiúde os mais agradáveis prodígios, e que todos, imersos no encantamento desses prodígios, acreditavam plenamente no maravilhoso e, mesmo sem sabê-lo, exatamente por isso permaneciam cidadãos alegres e, com isso, bons. As boas fadas, que lá se instalaram a seu belprazer tal como se estivessem no Djinistão,[6] de boa vontade

---

[6] País dos gênios. Os djins, na tradição árabe, são seres sobrenaturais, espíritos ou gênios.

teriam conferido ao excelente Demetrius uma vida eterna. Isso, entretanto, não estava em seu poder. Demetrius faleceu e foi sucedido no governo pelo jovem Paphnutius. Este, ainda durante a vida de seu digno pai, alimentara em seu íntimo um secreto pesar pelo fato de que, em sua opinião, o povo e o Estado estavam sendo negligenciados e relegados ao abandono da maneira mais escabrosa. Ele decidiu governar, e nomeou imediatamente para primeiro-ministro do reino o seu valete de quarto Andres, que uma vez lhe emprestara seis ducados quando o príncipe esqueceu sua bolsa em uma estalagem, tirando-o assim de um apuro.

— Eu quero governar, meu caro! — disse-lhe Paphnutius.

Andres leu nos olhares de seu senhor o que se passava em seu íntimo, e jogou-se a seus pés, dizendo solenemente:

— Senhor! O grande momento chegou!... Por seu intermédio um reino se ergue fulgurante do tenebroso caos!... Senhor! Aqui implora o mais leal dos vassalos, tendo em seu peito e boca as milhares de vozes do pobre povo infeliz!... Senhor... Introduza o Iluminismo![7]

Paphnutius sentiu-se profundamente comovido com a sublime ideia de seu ministro. Erguendo-o do chão, apertou-o tempestuosamente contra o peito e disse soluçando:

— Ministro... Andres... eu lhe devo seis ducados... mais ainda... minha felicidade... meu reino!... Oh, fiel e inteligente servidor!...

Paphnutius quis de imediato mandar imprimir em letras grandes e afixar por todos os cantos um edital informando que, a partir de então, o Iluminismo estava introduzido e que todos teriam que se guiar por ele.

— Excelentíssimo senhor! — disse Andres no entanto. — Excelentíssimo senhor! Assim não vai funcionar!

---

[7] "Sire!... führen Sie die Aufklärung ein!": provavelmente uma paródia da frase "Sire, geben Sie Gedankenfreiheit!" ("Senhor, conceda a liberdade de pensamento") da peça de Schiller *Don Carlos*, ato 3, cena 10.

— Mas então, meu caro, como poderia funcionar? — disse Paphnutius, e agarrou seu ministro pela lapela, puxando-o para o interior do gabinete cuja porta trancou.

— Veja — começou Andres depois de assentar-se em um pequeno tamborete em frente ao príncipe —, veja, gracioso senhor! O resultado de seu édito principesco sobre o Iluminismo talvez venha a sofrer uma desagradável interferência se nós não o associarmos a uma medida que, muito embora pareça severa, é ditada pela prudência. Antes de darmos prosseguimento ao Iluminismo, isto é, antes de mandarmos abater as florestas, tornar os rios navegáveis, cultivar batatas, melhorar as escolas dos vilarejos, plantar acácias e choupos, fazer os jovens entoarem a duas vozes seus cantos matinais e vespertinos, construir estradas, aplicar a vacina contra a varíola, é necessário banir todos os indivíduos de convicções perigosas que não dão ouvidos à razão e que seduzem o povo com uma leva de tolices. O senhor terá lido *As mil e uma noites*, digníssimo príncipe, pois eu sei que Sua Majestade, seu finado pai — que Deus lhe dê a paz na sepultura — amava este tipo de livros fatídicos e dava-lhos nas mãos quando o senhor ainda fazia uso do cavalinho-de-pau e comia douradas broinhas de mel. Pois bem! Desse livro totalmente confuso o digníssimo senhor deve conhecer as assim chamadas fadas, mas certamente não suspeitará que diversas dessas pessoas perigosas se estabeleceram aqui mesmo em seu querido reino, bem perto de seu palácio, e que provocam todo tipo de desordens.

— Como?... Que está dizendo?... Andres! Ministro!... Fadas!... Aqui em meu reino? — gritou muito pálido o príncipe, deixando-se afundar contra o encosto da cadeira.

— Ficaremos calmos, meu digníssimo senhor! — continuou Andres. — Ficaremos calmos tão logo combatamos com bom senso essas inimigas do Iluminismo. Sim, eu as chamo de inimigas do Iluminismo, pois, tendo abusado da bondade do finado senhor seu pai, só elas têm a culpa de o nosso amado reino ainda se encontrar imerso completamente nas trevas. Elas se dedicam a perigosas atividades com o maravilhoso e não receiam difundir, sob o nome de poesia, um veneno secreto que torna as pessoas totalmente incapacitadas para servir ao Iluminismo. Além disso, elas têm costumes tão desagradáveis e anti-policialescos que apenas em função disso já não deveriam ser toleradas em nenhum país civilizado. Assim, por exemplo, as atrevidas têm a ousadia de, sempre que lhes dá na veneta, passear pelos ares atreladas a pombas, cisnes, até mesmo cavalos alados. Mas eu pergunto agora, digníssimo senhor, vale a pena o esforço para criar e implantar um elaborado sistema de impostos incidentes se houver pessoas no reino em condições de atirar mercadorias, como bem lhes aprouver, pela chaminé de qualquer cidadão inconsequente, sem pagar o imposto? Por isso, digníssimo senhor, assim que for anunciado o Iluminismo, fora com as fadas! Seus palácios serão cercados pela polícia, seus perigosos bens serão confiscados e elas serão expulsas como vagabundos para a sua pátria, a qual, como o prezadíssimo senhor deve conhecer das *Mil e uma noites*, é o pequeno país chamado Djinistão.

— A carruagem do correio chega até esse país, Andres? — perguntou o príncipe.

— Até o momento, não — retrucou Andres — mas após a introdução do Iluminismo talvez se possa organizar com proveito um correio diário para lá.

— Mas Andres — continuou o príncipe —, nosso procedimento contra as fadas não será porventura considerado demasiado severo? O povo, mal-acostumado, não irá queixar-se?

— Também para isso — disse Andres — também para isso eu conheço um remédio. Nem todas as fadas, digníssimo senhor, serão deportadas para o Djinistão, algumas nós conservaremos no reino, mas não apenas vamos despojá-las de todos os meios de prejudicar o Iluminismo como usaremos dos recursos apropriados para transformá-las em membros úteis do Estado esclarecido. Caso elas não queiram consentir em sólidos casamentos, poderão dedicar-se, sob estrita vigilância, a alguma atividade útil, tal como tricotar meias para o exército em tempos de guerra, ou algo desse tipo. Note, digníssimo senhor, que as pessoas rapidamente deixarão de acreditar em fadas quando elas passarem a caminhar em seu meio, e isto é que é o melhor. Assim cessarão por si mesmas as queixas eventuais. Ademais, quanto aos apetrechos das fadas, eles irão para o Tesouro do principado; as pombas e cisnes serão entregues à cozinha principesca como deliciosos assados, com os cavalos alados poder-se-á tentar domesticá-los e torná-los bestas úteis, cortando suas asas e submetendo-os à alimentação em estábulos, os quais, espero, serão introduzidos com o Iluminismo.

Paphnutius ficou satisfeitíssimo com todas as sugestões de seu ministro, e já no dia seguinte pôs-se em prática tudo o que fora decidido.

Em todos os cantos foi afixado o édito referente ao Iluminismo, ao mesmo tempo em que a polícia invadia os palácios das fadas, confiscava seus bens e levava-as como prisioneiras.

Só os céus sabem como pôde acontecer que a fada Rosabelverde tenha sido a única de todas que, poucas horas antes da irrupção do Iluminismo, foi informada a respeito e empregou o tempo para libertar seus cisnes e colocar suas roseiras e outras preciosidades em segurança. Pois ela também soube que fora escolhida para permanecer no país, ao que aquiesceu, embora de má vontade.

Aliás, nem Paphnutius nem Andres puderam compreender por que as fadas que eram transportadas para o Djinistão expressavam uma alegria tão exagerada e repetiam uma vez atrás da outra que não se incomodavam minimamente com as propriedades que eram obrigadas a deixar para trás.

— Vai ver — disse Paphnutius indignado — vai ver que o Djinistão é um reino muito mais bonito do que o meu, e elas se riem às minhas custas, inclusive de meu édito e meu Iluminismo. Mas agora sim é que ele precisa ter pleno êxito!

O geógrafo e o historiador do reino foram encarregados de elaborar um relato minucioso acerca do país.

Ambos concordaram que o Djinistão era um país deplorável, sem cultura, Iluminismo, erudição, acácias e varíola, e, na verdade, nem sequer existia. Com certeza, nada de pior poderia ocorrer a uma pessoa, ou a um país inteiro, do que não existir.

Paphnutius sentiu-se tranquilizado.

Quando foi derrubado o belo arvoredo florido no qual ficava o palácio abandonado da fada Rosabelverde e quando, para dar o exemplo, Paphnutius em pessoa aplicou em todos os moleques do povoado mais próximo a vacina contra varíola, a fada ficou à espreita do príncipe na floresta pela qual ele e o ministro Andres deveriam passar de volta a seu castelo. Então, com toda sorte de palavras gentis — mas especialmente com alguns assustadores passes de mágica que ela conseguira ocultar da polícia — ela o encurralou de tal forma que o príncipe pediu-lhe pelo amor de Deus que se desse por satisfeita com uma vaga no único e, portanto, o melhor estabelecimento de reclusão para moças nobres de todo o reino, onde ela poderia viver e agir como bem quisesse, sem importar-se com o édito do Iluminismo.

A fada Rosabelverde aceitou a proposta e desse modo ingressou no estabelecimento de reclusão, no qual, como já foi narrado, ela assumiu o nome von Rosengrünschön, e mais tarde, atendendo às súplicas do barão Prätextatus von Mondschein, tornou-se a senhorita von Rosenschön.

SEGUNDO CAPÍTULO

Do povo desconhecido que o erudito Ptolomäus Philadelphus descobriu durante suas viagens – A Universidade de Kerepes – Como um par de botas de montaria voou em torno da cabeça de Fabian e o professor Mosch Terpin convidou o estudante Balthasar para o chá.

Das afetuosas cartas que o mundialmente conhecido erudito Ptolomäus Philadelphius escrevia ao seu amigo Rufin quando se encontrava em suas longas viagens consta a singular passagem a seguir:

"Você sabe, meu querido Rufin, que não há nada que eu tema e receie mais do que os ardentes raios solares, os quais consomem as forças do meu corpo e afrouxam e fatigam de tal modo o meu espírito que todos os pensamentos confluem em um quadro desordenado, e é em vão que luto por formar alguma imagem precisa em minha mente. Por isso, nesta estação quente, tenho o hábito de descansar durante o dia, enquanto à noite prossigo em minha viagem, e foi assim que me encontrava viajando também na noite passada. Em meio à profunda escuridão, meu cocheiro extraviou-se do caminho correto e conveniente, desembocando de súbito em uma estrada de cascalho. Muito embora fosse atirado para lá e para cá dentro do carro pelos violentos solavancos – a ponto de minha cabeça cheia de galos mais parecer-se a um saco repleto de nozes – só acordei do profundo sono no qual estava mergulhado quando um terrível abalo arrojou-me para fora do carro sobre o chão duro. O clarão do sol atingiu em cheio meu rosto e, através da barreira levadiça imediatamente à minha frente, avistei as altas torres de uma imponente cidade. O cocheiro prorrompeu em lamentações pois não apenas a lança como também uma roda traseira do carro tinham-se quebrado contra uma grande pedra que havia no meio da estrada, e parecia preocupar-se pouco ou mesmo nada comigo. Reprimi minha cólera, como convém a um sábio, e apenas bradei mansamente ao vilão que ele era um maldito sacripanta e disse-lhe que ponderasse o fato de Ptolomäus Philadelphus, o mais famoso erudito de seu tempo, estar sentado com a b... no chão, e que mandasse às favas a lança e a roda. Você bem conhece, meu querido Rufin, o poder que eu exerço sobre o coração humano, e assim aconteceu de fato que o cocheiro imediatamente parou de lamentar-se e, com o auxílio do cobrador da barreira, em frente de cuja casa se dera o acidente, ajudou-me a ficar em pé. Por sorte eu não sofrera nenhum dano mais sério, estando em condições de caminhar lentamente pela estrada enquanto o cocheiro seguia-me, arrastando com esforço o carro quebrado. À pouca distância do portão da cidade que eu avistara ao longe no horizonte azulado, deparei-me com uma multidão de pessoas de maneiras tão extravagantes e com roupas tão estranhas[1] que esfreguei meus olhos para verificar se realmente estava acordado ou se um sonho disparatado e zombeteiro não me teria porventura acabado de transportar para um desconhecido país de fábula... Estas pessoas, que eu podia razoavelmente supor que eram os habitantes da cidade de cujo portão eu as via sair, usavam pantalonas longas, bem largas e cortadas ao estilo japonês — feitas de custosos materiais: veludo, veludo de Manchester, um tecido fino ou mesmo linho entremeado de fios coloridos — e guarnecidas abundantemente de galões ou vistosas fitas e

---

[1] Hoffmann descreve a seguir a vestimenta usada por estudantes universitários em algumas regiões da Alemanha. Estas "roupas estranhas", na época, provocavam muitas vezes suspeitas de que seus usuários defendiam ideias revolucionárias, ou seja, contrárias ao regime absolutista.

cordões; a isso acresciam-se pequenas jaquetas de criança que mal chegavam abaixo da cintura, em geral de cores bem claras, só algumas poucas sendo pretas. Os cabelos caíam despenteados em natural desordem sobre os ombros e as costas, e na cabeça portavam um pequeno e estranho gorrinho. Alguns tinham o pescoço totalmente descoberto à maneira dos turcos e gregos modernos, outros, ao contrário, usavam em torno do pescoço e do peito uma pequena peça de linho branco parecendo quase uma gola de camisa, como você, meu querido Rufin, provavelmente já viu em quadros de nossos antepassados. Se bem que essas pessoas parecessem todas muito jovens, sua linguagem era grave e rude, e todos os seus movimentos desajeitados, tendo vários deles uma sombra estreita abaixo do nariz, como se lá houvesse um bigode de pontas levantadas. Muitos tinham, saindo da traseira de seus pequenos casacos, um longo tubo do qual pendiam grandes borlas de seda. Outros haviam retirado estes tubos e atado na sua parte inferior cabaças – pequenas, um pouco maiores ou às vezes bastante grandes e de formatos bizarros – das quais eles habilmente sabiam fazer sair nuvens artificiais de vapor, soprando por cima através de um tubinho que terminava em uma ponta extremamente fina. Outros levavam nas mãos espadas largas e reluzentes como se quisessem lançar-se contra o inimigo; outros ainda tinham pendurados nos ombros ou amarrados às costas pequenos recipientes de couro ou folha de Flandres. Você pode muito bem imaginar, meu querido Rufin, que eu, sempre procurando enriquecer meus conhecimentos através de uma cuidadosa observação de todos os novos fenômenos, fiquei estatelado e de olhos fixos nessas estranhas pessoas. Elas se agruparam então ao meu redor gritando com força: 'Filisteu... Filisteu!', prorrompendo em uma horrível gargalhada... Isto me deixou muito aborrecido. Pois, querido Rufin, haveria algo mais ofensivo para um grande erudito do que ser tomado por membro de um povo que há muitos milhares de anos foi abatido a golpes de uma queixada de asno? Controlei-me, com minha dignidade inata, e disse em voz bem alta ao estranho povo à minha volta que eu esperava encontrar-me em um lugar civilizado, e que iria dirigir-me à polícia e aos tribunais para vingar o insulto que me fora dirigido. Nesse momento todos eles passaram a resmungar, e mesmo aqueles que até então ainda não haviam soltado vapor tiraram dos bolsos as máquinas destinadas a esse fim e todos sopraram em meu rosto as grossas nuvens de fumaça que, como só então fui perceber, tinha um cheiro totalmente insuportável que atordoava meus sentidos. A seguir, eles lançaram contra mim uma espécie de maldição, cujas palavras, meu prezado Rufin, eu não quero repetir-lhe, por serem de tal forma medonhas. Eu mesmo só consigo pensar nelas com profundo horror. Finalmente eles me deixaram, debaixo de fortes gargalhadas de escárnio, e eu tive a impressão de ouvir desvanecendo nos ares as palavras 'golpes de azorrague'. Meu cocheiro, que igualmente ouvira e presenciara tudo, torceu as mãos e disse: 'Ah, meu prezado senhor, agora que aconteceu o que aconteceu, não entre de jeito nenhum naquela cidade! Como se diz, nem mesmo um cão aceitaria um pedaço de pão de suas mãos, e o senhor estaria permanentemente ameaçado pelo perigo de ser surr...' Não permiti que o bravo homem terminasse de falar e dirigi meus passos o mais rápido que pude em direção à aldeia mais próxima. Escrevo-lhe tudo isto, meu querido Rufin, sentado no solitário quartinho da única estalagem desta aldeia!... Na medida do possível, vou recolher informações sobre o estranho povo bárbaro que habita aquela cidade. Sobre seus costumes, hábitos, sobre sua língua etc., eu já consegui que me fossem narradas coisas extremamente singulares e vou contar-lhas fielmente etc., etc."

Como você pode perceber, oh, meu prezadíssimo leitor, alguém pode ser um grande erudito sem ter o menor conhe-

SEGUNDO CAPÍTULO

cimento de fatos muito comuns da vida, e entregar-se aos sonhos mais bizarros a respeito de coisas universalmente conhecidas. Ptolomäus Philadelphus tinha estudado na universidade e nem ao menos conhecia estudantes; e não tinha a menor ideia de que, enquanto escrevia a seu amigo sobre um acontecimento que em sua cabeça se transformara em uma aventura das mais inusitadas, estava instalado na aldeia de Hoch-Jakobsheim, a qual, como todos sabem, fica bem próxima à famosa Universidade de Kerepes. O bom Ptolomäus assustou-se ao se deparar com estudantes que prazeirosamente passeavam alegres e bem dispostos pelos campos. Que medo, então, não o teria assaltado caso houvesse chegado a Kerepes uma hora mais cedo e se o acaso o tivesse conduzido para diante da casa de Mosch Terpin, o professor de Ciências Naturais! Centenas de estudantes jorrando para fora teriam-no rodeado em meio a ruidosas disputas etc., e fantasias ainda mais extravagantes assaltariam sua imaginação como resultado dessa confusão, desse tropel.

Pois as aulas de Mosch Terpin eram as mais frequentadas em toda Kerepes. Ele era, como foi dito, professor de Ciências Naturais; explicava como chove, troveja, relampeja, por que o Sol brilha durante o dia e a Lua à noite, como e por que a relva cresce etc., de tal forma que qualquer criança forçosamente o compreenderia. Ele tinha comprimido toda a Natureza em um pequeno e gracioso compêndio de modo a poder comodamente manuseá-la à vontade e retirar dali, como de uma gaveta, a resposta para toda e qualquer pergunta. Seu renome havia inicialmente se estabelecido quando, depois de muitos experimentos físicos, ele teve êxito na descoberta de que a escuridão provém principalmente da ausência de luz. Isto, bem como o fato de que ele sabia converter com muita destreza aqueles experimentos físicos em graciosos espetáculos, e de que praticava divertidas artes de prestidigitação, proporcionavamlhe aquela incrível afluência. Permita-me, meu benévolo leitor, já que você conhece os estudantes bem melhor do que o famoso erudito Ptolomäus Philadelphus, já que você não compartilha do seu temor fantasioso, que eu o conduza agora para Kerepes, para diante da casa do professor Mosch Terpin, no momento em que ele acaba de concluir sua aula. Dentre os estudantes jorrando em massa para a rua, há um que cativa imediatamente a sua atenção. Você vê um rapaz formoso, de 23 a 24 anos, em cujos olhos escuros e brilhantes se expressa com eloquência um vivaz e proeminente espírito interior. Seu olhar quase poderia ser qualificado de ousado, não fosse a sonhadora tristeza que, do modo como se estendia por todo o semblante pálido, assemelhava-se a um véu ocultando os raios ardentes. Seu casaco, de fino tecido preto guarnecido de veludilho, está cortado aproximadamente segundo o antigo feitio alemão, e combina muito bem com a delicada gola de renda resplandecente de brancura, bem como com o barrete de veludo assentado sobre os belos cachos castanhos. Esta vestimenta lhe cai especialmente bem porque ele parece — de acordo com toda a sua natureza, seu decoro no andar e na postura, os traços expressivos de seu rosto — pertencer realmente a um passado belo e inocente e, precisamente por isso, não se deve pensar naquela afetação que surge com frequência da imitação mesquinha de modelos mal-interpretados para curvar-se a exigências da nossa época, igualmente mal-interpretadas. Este jovem que lhe agrada tanto à primeira vista, amado leitor, não é ninguém mais do que o estudante Balthasar, filho de gente decente e abastada, jovem puro, inteligente, aplicado, de quem pretendo, oh meu leitor, falar-lhe longamente na história que me propus a narrar.

Balthasar deixou a aula do professor Mosch Terpin e vagou, sério e perdido em pensamentos — como era do seu feitio — rumo ao portão da cidade para dirigir-se, não à quadra de esgrima, mas à adorável florestazinha que dista de Kerepes nem bem umas poucas centenas de passos. Seu amigo Fabian, um belo rapaz de aparência vivaz e disposição análoga, correu em seu encalço e alcançou-o bem próximo ao portão.

— Balthasar! — chamou Fabian bem alto — Balthasar, com que então você quer embrenhar-se novamente na floresta e vagar sozinho como um filisteu melancólico, enquanto rapazes vigorosos se exercitam com galhardia na nobre arte da esgrima!... Eu lhe peço, Balthasar, deixe de uma vez esses seus modos lúgubres e tolos e volte a ser alegre e jovial como era outrora. Venha! Vamos treinar alguns assaltos de esgrima e, se depois disso você ainda quiser sair, então eu irei com você.

— Você tem boas intenções — replicou Balthasar —, você tem boas intenções, Fabian, e por isso eu não quero zangar-me consigo por me seguir às vezes, como um possesso, por onde quer que eu ande, estragando muitos prazeres dos quais você não tem a menor ideia. É fato consumado que você pertence àquele estranho tipo de pessoas que tomam todos os que elas veem vagando solitários por tolos melancólicos, e querem logo tratá-los e curá-los à sua maneira, como aquele cortesão quis fazer com o digno príncipe Hamlet, que lhe deu uma boa lição no momento em que o homenzinho confessou não saber tocar flauta.[2] Desejo poupá-lo disso, caro Fabian, mas, de resto, gostaria de pedir-lhe do fundo do coração que procure outro companheiro para sua nobre esgrima com floretes e espadas, e que me deixe seguir vagando tranquilamente pelo meu caminho.

— Não, não — exclamou Fabian rindo — assim você não me escapa, meu caro amigo! Se você não quiser ir comigo à quadra de esgrima, então eu o acompanharei à pequena floresta. É obrigação do amigo fiel alegrá-lo na sua tristeza. Venha, querido Balthasar, venha, se é isso que você quer.

---

[2] Guildenstern em Shakespeare, *Hamlet*, ato 3, cena 2.

Com isso, tomou o amigo pelo braço e saiu caminhando vigorosamente com ele. Intimamente enfurecido, Balthasar cerrou os dentes e conservou-se em um silêncio taciturno, enquanto Fabian contava de um só fôlego um rol inesgotável de coisas divertidas. Também foram ditas muitas tolices, o que sempre costuma acontecer ao se narrar de um só fôlego coisas divertidas.

Quando finalmente adentraram as frescas sombras da floresta perfumada, quando os arbustos sussurraram como em saudosos suspiros, quando as maravilhosas melodias dos riachos rumorejantes e as canções dos pássaros soaram, espalhando-se para longe e despertando os ecos que respondiam vindos das montanhas, Balthasar parou de súbito e, estendendo os braços até que ficassem bem abertos, como se quisesse envolver amorosamente com eles as árvores e as moitas, exclamou:

— Agora me sinto bem novamente!... Indescritivelmente bem!

Fabian olhou um pouco perplexo para o amigo, como alguém que não consegue entender o que foi dito, ou não sabe como reagir. Balthasar tomou-o então pela mão e exclamou, cheio de arrebatamento:

— Não é verdade, irmão, que agora o seu coração também se abre, que agora também você compreende o bem-aventurado mistério da solidão na floresta?

— Eu não o estou entendendo muito bem, querido irmão, — retrucou Fabian —, mas se você acha que um passeio aqui na floresta lhe faz bem, então sou totalmente da mesma opinião. Afinal, não é verdade que também gosto de passear, especialmente em boa companhia, com a qual se pode manter uma conversa sensata e instrutiva? Assim, por exemplo, é um verdadeiro prazer andar pelos campos com o nosso professor Mosch Terpin. Ele conhece cada plantinha, cada graminha, e sabe como se chama e em que classe se enquadra, e entende dos ventos e do tempo...

— Pare — gritou Balthasar —, eu lhe suplico, pare!... Você está tocando em um ponto que me deixaria enraivecido se não houvesse um consolo em outra parte. A maneira como o professor fala sobre a Natureza despedaça-me o coração. Ou antes, sou possuído por um inquietante pavor, como se visse um demente que, tomando-se por rei e soberano em sua parvoíce afetada, acaricia uma bonequinha de palha feita por ele mesmo e julga estar abraçando sua régia noiva! Seus assim chamados experimentos dão-me a impressão de uma abominável zombaria do Ser divino, cujo sopro, na Natureza, roça-nos a face e estimula em nosso coração os mais profundos e sagrados pressentimentos. Muitas vezes sinto-me tentado a destroçar seus frascos, suas retortas, toda a sua tralha, se não pensasse que um macaco, afinal, não cessa de brincar com fogo enquanto não queimar a pata... Veja, Fabian, esses sentimentos me angustiam, oprimem meu coração durante as aulas de Mosch Terpin, e é certo que nessas ocasiões eu devo parecer a vocês mais melancólico e misantropo do que nunca. Sinto-me então como se as casas fossem desabar sobre minha cabeça, e uma ânsia indescritível me impulsiona para fora da cidade. Mas aqui, aqui meu íntimo logo se enche de uma doce tranquilidade. Deitado sobre a relva florida, levanto meus olhos para o amplo azul do céu e, acima de mim, acima da floresta exultante, passam nuvens douradas como magníficos sonhos provenientes de um mundo longínquo e cheio de ditosas alegrias!... Oh, Fabian, nesse momento eleva-se de dentro do meu próprio peito um espírito maravilhoso, e eu ouço como ele dita palavras misteriosas às moitas, às árvores, às vagas no riacho da floresta, e não posso expressar o deleite que então trespassa todo o meu ser em um doce e nostálgico estremecimento!

— Ai — exclamou Fabian — ai, lá vem outra vez a velha e eterna conversa de nostalgia e deleite, e árvores e regatos que falam na floresta. Todos os seus versos estão repletos dessas coisas graciosas, que até soam bem agradáveis aos ouvidos e são empregadas com proveito sempre que não se procura dar-lhes um sentido por demais profundo... Mas, meu excelentíssimo melancólico, se de fato as aulas de Mosch Terpin o ofendem e incomodam de modo tão terrível, diga-me então por que diabos você acorre a todas elas, por que você não deixa de comparecer a uma única sequer e, então sim, fica sentado mudo e rígido, com os olhos fechados como que absorto em um sonho?

— Não me pergunte — replicou Balthasar, enquanto baixava os olhos —, não me pergunte sobre isso, querido amigo!... Um poder desconhecido atrai-me todas as manhãs para a casa de Mosch Terpin. Eu pressinto meu tormento e mesmo assim não posso resistir, uma sombria fatalidade me arrasta!

— Ha, ha! — riu Fabian em sonora gargalhada — ha, ha, ha, que delicado, que poético, que misterioso! O poder desconhecido que o atrai à casa de Mosch Terpin emana dos olhos azuis-escuros da bela Cândida!... Que você está apaixonado até as orelhas pela graciosa filhinha do professor, todos nós já sabemos há muito, e por isso desculpamos as suas fantasias e seu jeito amalucado. Afinal, os apaixonados são assim mesmo. Você se encontra no primeiro estágio da doença do amor e tem que passar, nos anos mais maduros de sua mocidade, por todos os trejeitos cômicos e bizarros pelos quais nós — eu e muitos outros — passamos no tempo do colégio sem ter um grande público assistindo. Mas acredite-me, doce coração...

Fabian entrementes havia agarrado outra vez seu amigo Balthasar pelo braço e voltado a caminhar a passos rápidos. Eles acabavam de sair do espesso arvoredo alcançando o largo caminho que atravessava o coração da floresta. Nesse momento Fabian distinguiu ao longe um cavalo que, envolto em uma nuvem de poeira, vinha trotando sem cavaleiro.

— Ei! Ei! — gritou ele, interrompendo sua fala — Ei, ei, lá está um maldito rocim que fugiu em disparada e derrubou seu cavaleiro... Temos que capturá-lo e depois procurar o dono na floresta.

Assim dizendo, ele postou-se bem no meio do caminho.

O cavalo aproximava-se mais e mais, e pareceu então que duas botas de montaria balançavam-se uma de cada lado, para cima e para baixo, enquanto algo escuro se mexia e remexia sobre a sela. Logo à frente de Fabian ressoou um longo e estridente "Prrr... Prrr..." e no mesmo instante um par de botas de montaria voou-lhe em volta da cabeça, e uma coisa pequena, estranha e escura rolou por entre suas pernas. Totalmente imóvel, com o pescoço longamente esticado para frente, o cavalo farejava seu minúsculo patrãozinho, que rolava na areia e finalmente pôs-se de pé a duras penas. A cabeça do pirralho introduzia-se profundamente por entre os ombros altos; ele assemelhava-se — com a excrescência no peito e nas costas, com seu tronco curto e suas longas perninhas de aranha — a uma maçã espetada em um garfo, na qual alguém tivesse talhado uma careta. Quando Fabian viu esse pequeno e estranho monstro em pé diante de si, não conteve uma alta gargalhada. Mas o pequeno, enfiando até os olhos, zangado, o barretezinho que apanhara do chão, perguntou em um tom áspero e muito rouco, enquanto trespassava Fabian com o olhar furioso:

— É este o caminho correto para Kerepes?

— Sim, meu senhor! — respondeu Balthasar meigo e sério, e passou-lhe as botas que acabara de recolher.

Todos os esforços do pequeno para calçar as botas foram vãos; ele emborcava seguidamente e rolava na areia gemendo. Balthasar colocou de pé as duas botas juntas, levantou delicadamente o pequeno e baixou-o, enfiando os dois pezinhos nos invólucros excessivamente largos e pesados. Com modos altivos, uma mão fixa na cintura e levando a outra contra o barrete, o pequeno exclamou:

— *Gratias*, meu senhor! — e dirigiu-se rumo ao cavalo, tomando os arreios. Todas as tentativas para alcançar o estribo ou escalar o grande animal frustraram-se.

Balthasar, sempre sério e meigo, veio e ergueu o pequeno até os estribos. Provavelmente seu impulso foi demasiado forte, pois mal ele se assentara na sela, já estava caído do outro lado.

— Não seja tão fogoso, queridíssimo *Monsieur*! — exclamou Fabian, enquanto, novamente, rompia em ruidosa gargalhada.

— Ao diabo com seu queridíssimo *Monsieur* — berrou furioso o pequeno enquanto batia em suas roupas para tirar o pó. — Eu sou um estudante universitário e, se você também for um, então é uma afronta que esteja rindo na minha cara como um poltrão, e amanhã você terá que bater-se comigo em Kerepes!

— Caramba — exclamou Fabian sempre a rir —, caramba, isto é que é um rapaz de qualidades, um homem experiente, tanto no que se refere à coragem quanto ao autêntico comportamento estudantil.

Assim dizendo, ergueu o pequeno para o alto, apesar de este debater-se e espernear, e sentou-o em cima do cavalo que, relinchando alegremente, no mesmo instante saiu trotando com o seu patrãozinho! Fabian segurava seus dois flancos para não sufocar de tanto rir.

— É cruel — disse Balthasar — escarnecer de um ser humano que a Natureza deformou de modo tão horrível, como esse pequeno cavaleiro. Se ele realmente for um estudante você terá de bater-se com ele e, embora isso seja totalmente contrário aos costumes acadêmicos, com pistolas, uma vez que ele não é capaz de manejar nem o florete nem a espada.

— Meu querido amigo Balthasar — disse Fabian —, meu querido amigo Balthasar, você mais uma vez está encarando tudo de forma demasiado séria e funesta! Nunca pensei em ridicularizar um ser que nasceu deformado. Mas diga-me, pode um Pequeno Polegar tão cartilaginoso sentar-se sobre um cavalo tão grande a ponto de não conseguir enxergar por sobre seu pescoço? Pode ele enfiar os pezinhos em botas tão absurdamente grandes? Pode ele usar uma túnica[3] apertada com milhares de cordões e galões e borlas, e um barrete de veludo tão estranho? Pode ele adotar um comportamento tão arrogante? Pode ele emitir sons tão barbaramente roucos? Eu pergunto, pode ele fazer tudo isso sem ser com razão ridicularizado como um inveterado poltrão? Mas tenho que ir até lá, tenho que presenciar o alvoroço que vai ocorrer quando o brioso estudante fizer sua entrada na cidade sobre seu soberbo corcel! Com você, não há o que se fazer hoje! Passe muito bem!

A toda pressa, Fabian saiu a correr através do bosque, de volta para a cidade.

Balthasar abandonou o caminho aberto e embrenhou-se na mata mais densa. Lá deixou-se cair sobre um assento de musgo, tomado, ou melhor, subjugado pelos sentimentos mais amargos. Era de fato verdade que ele estava amando a graciosa Cândida, mas tinha encerrado este amor no íntimo de sua alma como um profundo e delicado segredo, guardado de todas as pessoas e até de si mesmo. Assim, quando Fabian falou desse assunto tão sem reservas, tão levianamente, pareceu-lhe que mãos rudes tinham arrancado com atrevida petulância os véus da imagem santa que ele não ousava tocar, e que agora a santa não poderia deixar de se encolerizar com ele próprio para sempre. Sim, as palavras de Fabian soaram-lhe como uma terrível zombaria de todo o seu modo de ser e de seus sonhos mais doces.

— Você — exclamou ele no auge de seu pesar —, você me toma, então, por um tolo apaixonado, Fabian! Por

---

[3] "Kurtka": casaco usado por volta de 1800 por soldados no leste europeu.

um bobo que acorre às aulas de Mosch Terpin para ficar pelo menos durante uma hora debaixo do mesmo teto que a bela Cândida, que vagueia solitário na floresta para ruminar versos lastimáveis endereçados à amada e anotá-los de forma ainda mais lastimável, que danifica as árvores, gravando em seus troncos lisos tolas iniciais, que na presença da jovem não consegue dizer uma só palavra sensata, limitando-se a suspirar e gemer e fazer caretas chorosas como se estivesse sofrendo um acesso de cãibras, que leva diretamente sobre o peito as flores murchas que ela trazia ao regaço, ou ainda a luva que ela perdeu, enfim, que faz mil doidices infantis!... E por isso, Fabian, você me importuna, e por isso todos os rapazes escarnecem de mim, e por isso eu, juntamente com o mundo secreto que se revelou a mim, sou um objeto de chacota... E a graciosa, encantadora, magnífica Cândida...

Quando ele disse este nome em voz alta, sentiu como se seu coração estivesse sendo trespassado pelo golpe de um punhal em brasa! Ah!... Neste momento uma voz em seu íntimo sussurrou-lhe distintamente que, de fato, só ia à casa de Mosch Terpin por causa de Cândida, que fazia versos para a amada, que gravava seus nomes no tronco das árvores, que emudecia na presença dela, suspirava, gemia, que levava junto ao peito as flores murchas que ela perdeu, e que, por conseguinte, incorria realmente em todas as tolices que Fabian poderia citar-lhe. Só agora ele sentiu em cheio como amava inefavelmente a formosa Cândida, mas sentiu ao mesmo tempo — o que é suficientemente estranho — que até o amor mais puro e forte se manifesta na vida exterior de maneira um pouco estapafúrdia, o que provavelmente se deve à profunda ironia inserida pela Natureza em todos os assuntos humanos. Talvez Balthasar tivesse razão, mas não tinha absolutamente razão ao irritar-se tanto com o assunto. Sonhos que geralmente o envolviam estavam perdidos, as vozes da floresta soavam-lhe como sarcasmo e zombaria; ele correu de volta para Kerepes.

— Senhor Balthasar... *mon cher* Balthasar — chamaram-no. Ele levantou o olhar e ficou imóvel como que enfeitiçado, pois ao seu encontro vinha o professor Mosch Terpin conduzindo pelo braço sua filha Cândida. Esta cumprimentou o rapaz, que se transformara em uma rija estátua, com a jovial e amável naturalidade que lhe era peculiar.

— Balthasar, *mon cher* Balthasar — chamou o professor —, você, com efeito, é o mais aplicado, o mais querido de meus alunos!... Oh, meu caro, eu noto que você ama a Natureza com todos os seus prodígios, assim como eu, que sou verdadeiramente louco por ela!... Certamente esteve herborizando em nosso pequeno bosque!... Encontrou algo de proveitoso?... Bem! Temos que travar uma amizade mais sólida!... Visite-me... sempre bem-vindo... Poderemos fazer experiências juntos... Já viu minha nova máquina pneumática?... Então, *mon cher*... amanhã um círculo de amigos irá se reunir em minha casa para degustar chá e pão com manteiga, e para divertir-se em agradáveis conversações, venha ampliá-lo com sua valiosa companhia... Vai ficar conhecendo um jovem encantador, que me foi especialmente recomendado... *Bon soir, mon cher*... Até logo, meu caro... *au revoir*... Adeus!... Você virá amanhã para a aula, não é?... Então... *mon cher, adieu*!

Sem esperar que Balthasar respondesse, o professor Mosch Terpin já se afastava com sua filha.

Balthasar, em sua consternação, não tinha ousado levantar os olhos, mas os olhares de Cândida queimavam-lhe peito adentro; ele sentia o sopro de seu hálito, e doces estremecimentos agitavam o mais íntimo de seu ser.

Todo seu pesar tinha-se desvanecido, cheio de arrebatamento ele acompanhava com os olhos a graciosa Cândida até que ela desapareceu por detrás das aleias. Lentamente, então, Balthasar retornou ao bosque, para sonhar mais esplendidamente do que nunca.

TERCEIRO CAPÍTULO

Como Fabian não soube o que pensar – Cândida e outras donzelas que não devem comer peixe – O chá literário de Mosch Terpin – O jovem príncipe.

Enquanto corria pelo atalho que atravessava a floresta, Fabian pensava que ainda lhe seria possível antecipar-se ao pequeno e bizarro homenzinho, que partira trotando à sua frente. Nisso ele se enganara, pois, ao emergir do arvoredo, pôde distinguir a distância que um garboso cavaleiro juntava-se ao pequeno e ambos, a seguir, adentravam o portão de Kerepes.

– Hum! – disse consigo Fabian – mesmo que o quebra-nozes, em seu grande cavalo, tenha chegado antes de mim, ainda alcançarei a cidade a tempo de presenciar o escândalo que acontecerá à sua chegada. Se a estranha coisa realmente for um estudante, então vão lhe indicar a estalagem do Cavalo Alado, e se ele estacar lá com seu estridente "Prr... Prr..." e arremessar primeiro as botas, depois a si mesmo e, quando os rapazes rirem, mostrar-se furioso e insolente... bem... aí a louca bufonaria estará completa!

Quando Fabian alcançou a cidade, acreditava que, pelas ruas e no caminho rumo ao Cavalo Alado, só encontraria risos estampados nos rostos. Mas não foi assim. Todas as pessoas caminhavam calmas e sérias. Igualmente sérios, vários acadêmicos conversavam entre si e perambulavam pela praça em frente ao Cavalo Alado, onde se haviam reunido. Fabian estava convencido de que ao menos aqui o pequeno ainda não deveria ter chegado, mas, ao lançar um olhar para dentro da hospedaria, percebeu que a bem-conhecida cavalgadura do homenzinho estava justamente sendo conduzida ao estábulo. Atirou-se então ao acaso a um de seus conhecidos e perguntou-lhe se porventura um anão esquisitíssimo não teria acabado de chegar trotando em seu cavalo. Aquele a quem Fabian dirigiu a pergunta de nada sabia, bem como os demais aos quais Fabian passou a narrar o que sucedera a ele e ao Pequeno Polegar, que dizia ser um estudante. Todos riram bastante, mas asseguraram que uma coisa como essa que ele descrevera de modo algum chegara até ali. Na verdade, contaram, há nem bem dez minutos, dois cavaleiros vistosos em belas montarias haviam desmontado diante da pousada do Cavalo Alado.

— Por acaso um deles estava montado naquele cavalo que acabou de ser conduzido ao estábulo? — perguntou Fabian.

— Sem dúvida — respondeu alguém —, sem dúvida. O que montava esse cavalo era de estatura um pouco mais baixa, mas de talhe gracioso, um rosto com traços agradáveis, e tinha os mais belos cabelos cacheados que se pode imaginar. Além disso, ele se mostrou o mais exímio dos cavaleiros, pois alçou-se para fora do cavalo com uma agilidade, com uma elegância digna do estribeiro-mor de nosso príncipe.

— E — exclamou Fabian — e ele não perdeu as botas de montaria, nem rolou-lhes diante dos pés?

— Que Deus o proteja — retorquiram todos em uma só voz —, que Deus o proteja! Que está pensando, irmão? Um cavaleiro tão hábil como o pequeno!

Fabian ficou sem saber o que pensar. Nesse momento, Balthasar chegava descendo pela rua. Fabian correu em direção a ele, puxou-o para junto dos demais e contou como o anãozinho que eles haviam encontrado fora do portão da cidade, e que caíra do cavalo, tinha acabado de chegar aqui e fora considerado por todos como um belo homem, de graciosa compleição física, e o mais exímio dos cavaleiros.

TERCEIRO CAPÍTULO

— Veja você — retrucou Balthasar sério e impassível —, veja você, querido irmão Fabian, que nem todos se atiram zombeteiramente e sem piedade, como você, sobre um ser humano infeliz que a Natureza deformou...

— Mas, meu Deus — interrompeu-o Fabian —, não se trata aqui de zombaria e falta de piedade, mas meramente da questão de se um fulaninho de três pés de altura, que mais parece um rabanete, pode ser descrito como um homem gracioso!

Balthasar, no que dizia respeito ao porte e à aparência do pequeno estudante, foi obrigado a confirmar as palavras de Fabian. Os outros asseguraram que o pequeno cavaleiro era um homem belo e garboso, contra o que Fabian e Balthasar afirmavam sem cessar que nunca tinham visto um Pequeno Polegar tão horrendo. As coisas ficaram por aí, e todos se separaram cheios de assombro.

Caiu o entardecer e os dois amigos se encaminharam para sua moradia. Balthasar deixou então escapar, sem nem bem saber como, que encontrara o professor Mosch Terpin e este o convidara para vir à sua casa na noite seguinte.

— Ah, seu felizardo — exclamou Fabian —, ah, seu felizardo! Você poderá ver, ouvir, conversar com a sua amada, a bela *mademoiselle* Cândida!

Balthasar, mais uma vez profundamente magoado, soltou bruscamente o braço de Fabian e tentou afastar-se. Reconsiderou, porém, sua atitude e, reprimindo sua contrariedade, disse:

— Você pode ter razão, querido irmão, em considerar-me um simplório piegas e apaixonado, e talvez eu o seja realmente. Mas esta pieguice é uma ferida profunda e dolorosa que foi infligida à minha alma e que, tocada de maneira incauta, causa uma dor veemente que pode levar-me a cometer todo tipo de loucuras. Por isso, irmão, se você realmente me quer bem, não pronuncie mais o nome de Cândida!

— Mais uma vez — retorquiu Fabian — mais uma vez, meu querido amigo Balthasar, você está encarando as coisas de modo terrivelmente trágico, o que, no seu estado, não é de esperar que fosse diferente. Mas para não entrar em alguma desavença desagradável com você, prometo-lhe que o nome de Cândida não passará pelos meus lábios até que você próprio me dê a oportunidade para isso. Permita-me apenas dizer-lhe ainda que prevejo todo tipo de desgostos como consequência do seu estado amoroso. Cândida é uma moça esplêndida e muito bela, mas não combina de modo algum com o seu temperamento melancólico e sonhador. Quando você vier a conhecê-la melhor, sua disposição alegre e espontânea vai parecer-lhe como carência de poesia, da qual você em tudo sente falta. Você será vítima de todo tipo de ilusões extravagantes e tudo terminará desastrosamente em um sofrimento atroz e quimérico e em um grande desespero... Aliás, fui igualmente convidado para ir amanhã à casa de nosso professor, que irá entreter-nos com belíssimos experimentos! Agora, boa noite, fabuloso sonhador! Durma, caso consiga dormir antes de um dia tão importante como o de amanhã!

Com isso Fabian deixou o amigo, que mergulhou em profunda meditação. Não era sem razão que Fabian antevia todo tipo de momentos patéticos de infelicidade que poderiam muito bem acontecer a Cândida e Balthasar, pois a natureza e disposição de ambos parecia de fato dar ensejo a isso.

Cândida era — qualquer um teria de confessá-lo — uma jovem muito formosa, com olhos que lançavam seus raios diretamente ao coração, e lábios róseos levemente arrebitados. Eu esqueci se seus belos cabelos, que ela sabia armar fantasticamente em curiosas tranças, mereceriam mais ser chamados de louros ou castanhos, lembro-me muito bem, no entanto, da estranha propriedade de ficarem cada vez mais escuros quanto mais se olhava para eles. Com seu corpo alto e esbelto, e movimentos delicados, a jovem era – sobretudo quando em ambiente alegre – a graça, o encanto em pessoa. E, diante de tantos atrativos físicos, era de boa vontade que se deixava passar despercebido que as mãos e os pés talvez pudessem ter sido talhados em um feitio menor e mais gracioso. Ademais, Cândida havia lido o *Wilhelm Meister* de Goethe, as poesias de Schiller e o *O anel mágico*[1] de Fouqué, e esquecido praticamente tudo o que estava ali contido, tocava piano toleravelmente bem, cantando junto de quando em quando, dançava as mais recentes "françaises" e gavotas, e escrevia as instruções para a lavadeira com uma letra delicada e legível. Querendo-se realmente criticar alguma coisa na adorável menina, então talvez pudesse ser o fato de que ela falava com uma voz grave demais, apertava demais o espartilho, alegrava-se por um tempo longo demais com um chapéu novo, e comia bolo demais na hora do chá. Poetas exageradamente entusiasmados de certo ainda desaprovariam muitas outras coisas na formosa Cândida, mas quão exigentes eles são! Para começar, querem que a jovem, diante de qualquer coisa que eles recitem, caia em um arrebatamento sonambúlico, suspire profundamente, revolva os olhos, e também, ocasionalmente, desfaleça um pouco ou até fique cega em sinal do mais elevado grau de feminilidade feminina.[2] A seguir, a dita donzela deve cantar as canções do poeta segundo as melodias que brotam de seu próprio coração (da donzela) e, com isso, adoecer imediatamente; ela mesma também deve fazer versos, ficando porém envergonhada quando é desco-

---

[1] *Der Zauberring* (1813), romance de Friedrich de la Motte Fouqué, tematizando a cavalaria da Idade Média.
[2] Provavelmente uma referência irônica ao escritor alemão Jean Paul, cuja personagem Liane, no romance *Titan* (1800–1803), fica cega devido à forte excitação dos nervos.

berta, muito embora a própria dama tenha entregado furtivamente seus versos – em um finíssimo papel agradavelmente perfumado e coberto de letras delicadas – ao poeta, que por sua vez também adoece de arrebatamento, não podendo de modo algum ser condenado por isso. Há ascetas poéticos que vão ainda mais longe, considerando contrário a toda a delicadeza feminina que uma jovem ria, coma e beba e se vista elegantemente segundo a moda. Nisso quase se igualam a São Jerônimo, que proibia às donzelas usar brincos e comer peixe. Elas devem, assim prescreve o santo, consumir um pouco de capim cozido, estar constantemente com fome sem o perceber, cobrir-se de vestimentas grosseiras e mal cortadas que ocultem suas formas e, sobretudo, escolher para consorte alguém grave, pálido, triste e um pouco sujo!

Cândida era uma criatura totalmente natural e alegre, e por isso apreciava acima de tudo uma conversa que pairasse nas asas leves e etéreas do mais descomplicado humor. Ela ria com o maior prazer de tudo que fosse engraçado, nunca suspirava, salvo quando a chuva lhe estragava algum esperado passeio ou quando, apesar de todo o cuidado, o xale novo ficava com alguma mancha. Havendo um motivo genuíno, deixava transparecer um profundo e sincero sentimento, que ela nunca permitia que degenerasse em sentimentalismo insípido, e assim, amado leitor, para mim e você que não fazemos parte dos exagerados, a moça estaria bem ao nosso gosto. Mas isto poderia muito facilmente não ser o caso com Balthasar! Em breve, no entanto, ver-se-á em que medida o prosaico Fabian profetizou corretamente ou não!

Nada seria mais natural do que Balthasar não conseguir pregar os olhos durante toda a noite, tamanha a sua inquietação e sua doce e indescritível angústia. Tendo diante de si apenas a imagem da amada, sentou-se à mesa e escreveu um número bastante razoável de versos polidos e melodiosos, nos quais, sob a forma de uma mística narrativa sobre o amor do rouxinol pela rosa púrpura, retratava o seu estado de espírito. Pretendia levar consigo essa história para o chá literário de Mosch Terpin e com ela assaltar o coração desprotegido de Cândida, quando e como lhe fosse possível.

Fabian sorriu levemente quando compareceu à hora combinada para buscar seu amigo Balthasar e o encontrou mais elegantemente vestido do que jamais o vira. Balthasar tinha colocado uma gola denteada com a mais fina renda de Bruxelas e sua jaqueta de mangas fendidas era de veludilho. Usava ainda botas francesas de saltos altos e pontiagudos, guarnecidas de franjas prateadas, um chapéu inglês da mais fina pele de castor e luvas dinamarquesas. Trajava-se, portanto, ao mais puro estilo alemão, e as vestimentas lhe ficavam excepcionalmente bem, sobretudo por ter mandado frisar os cabelos e ter eriçado muito bem o pequeno bigodinho.

O coração de Balthasar estremeceu de êxtase quando, na casa de Mosch Terpin, Cândida veio ao seu encontro, vestida inteiramente com o traje das antigas donzelas germânicas, amável, charmosa no olhar, nas palavras e em todas as suas maneiras, tal como sempre costumava mostrar-se.

— Minha adorável senhorita! — disse Balthasar com um suspiro que veio do fundo de seu coração quando Cândida, a própria doce Cândida, ofereceu-lhe uma xícara de chá fumegante.

Cândida, entretanto, fitou-o com olhos brilhantes e disse:

— Aqui há rum e marasquino, biscoitinhos e pão preto, querido senhor Balthasar, queira servir-se à vontade!

Mas em vez de olhar para o rum e o marasquino, os biscoitos e o pão preto, ou mesmo servir-se, o enfeitiçado Balthasar não conseguia desviar o olhar — cheio de dolorosa melancolia do mais profundo amor — da graciosa donzela e esforçava-se por encontrar palavras que expressassem o que sentia no mais íntimo recanto de sua alma. Nesse momento, porém, o professor de Estética, um homem alto e forte como um touro, segurou-o por trás com o vigoroso punho, virou-o para si, de modo que Balthasar derramou no assoalho mais chá do que é decoroso, e trovejou:

— Meu caro Lukas Kranach, não beba esta água repugnante, ela irá estragar-lhe totalmente o estômago alemão! Lá, na outra sala, nosso bravo Mosch armou uma bateria das mais belas garrafas do nobre vinho do Reno, vamos lá ao campo de batalha! — e arrastou consigo o desditoso rapaz.

Entretanto, do cômodo ao lado veio-lhes ao encontro o professor Mosch Terpin, conduzindo pela mão um homenzinho pequeno e muito singular, enquanto exclamava em voz bem alta:

— Aqui, damas e cavalheiros, eu lhes apresento um jovem altamente dotado das mais raras qualidades, ao qual não será difícil conquistar sua benevolência e estima. É o jovem senhor Cinábrio, que apenas ontem chegou à nossa universidade e pretende estudar Direito!

Fabian e Balthasar reconheceram, assim que lhe puseram os olhos em cima, o pequeno e estranho homenzinho que caíra do cavalo ao precipitar-se ao seu encontro diante do portão da cidade.

— Será que — disse Fabian em voz baixa a Balthasar —, será que estou mesmo obrigado a desafiar a mandragorazinha com a zarabatana ou com a sovela? Afinal, não poderia empregar outras armas contra um adversário tão formidável!

— Você deveria envergonhar-se — retrucou Balthasar —, você deveria envergonhar-se de estar zombando desse homem deformado que, como você ouviu, possui as mais raras qualidades, substituindo assim, com seu valor intelectual, as vantagens corporais que a Natureza lhe negou.

Voltou-se então para o pequeno e disse:

TERCEIRO CAPÍTULO

— Espero, caro senhor Cinábrio, que sua queda do cavalo, ontem, não lhe tenha trazido quaisquer consequências negativas.

Mas Cinábrio, utilizando um pequeno bastão que segurava na mão e que firmou atrás de suas costas à guisa de apoio, ergueu-se na ponta dos pés de modo a quase alcançar a altura do cinto de Balthasar, jogou a cabeça para trás, olhou para cima com olhos brilhantes de cólera e disse com uma voz de baixo em um tom singularmente rangente:

— Não sei o que deseja, ou do que está falando, meu senhor!... Queda do cavalo?... *Eu* caindo do cavalo? O senhor provavelmente não sabe que sou o melhor cavaleiro que pode haver, que nunca caio do cavalo, que participei como voluntário na campanha ao lado dos couraceiros e que ensinei oficiais e soldados a cavalgar, na escola de equitação!... Hum, hum... cair do cavalo... eu caindo do cavalo!

Assim dizendo, quis voltar-se bruscamente, mas o bastão no qual ele se apoiava resvalou, e o pequeno cambaleou, tombando aos pés de Balthasar. Balthasar estendeu as mãos em sua direção, procurando ajudá-lo a levantar-se e, inadvertidamente, roçou sua cabeça. Nesse momento o pequeno lançou um grito agudo que retiniu por todo o salão, fazendo os convivas saltarem sobressaltados de seus assentos. Balthasar foi rodeado, e de todos os cantos perguntavam-lhe por que, pelos céus, ele havia gritado de modo tão horrível.

— Não me leve a mal, caro senhor Balthasar — disse o professor Mosch Terpin — mas esta realmente foi uma brincadeira um tanto quanto extravagante. Pois certamente o senhor nos quis fazer acreditar que alguém estava pisando na cauda de um gato!

— Um gato! Um gato! Fora com o gato! — gritou uma dama de nervos delicados, desmaiando prontamente, e aos brados de "Gato! Gato!", alguns senhores idosos que sofriam da mesma fobia saíram correndo pela porta afora.

Cândida, que espargira todo o seu frasquinho de perfume sobre a dama desfalecida, disse em voz baixa a Balthasar:

— Veja só que confusão o senhor causou com seu feio e estridente miado, caro senhor Balthasar!

Balthasar estava totalmente desconcertado. Com o rosto todo vermelho de desgosto e vergonha, não conseguia dizer palavra, incapaz de explicar que, afinal, não fora *ele*, mas o pequeno senhor Cinábrio que havia miado tão horrorosamente.

O professor Mosch Terpin percebeu o grande embaraço do rapaz. Aproximou-se amavelmente dele e disse:

— Ora, ora, querido senhor Balthasar, fique tranquilo. Eu acho que percebi tudo. Curvando-se até o chão e saltitando de quatro, o senhor estava imitando maravilhosamente bem um gato maltratado e raivoso. Em geral, eu adoro tais jogos de Ciências Naturais, mas aqui, no chá literário...

— Mas — irrompeu Balthasar —, mas, ilustre senhor professor, não fui eu...

— Está bem, está bem — interrompeu-o o professor. Cândida juntou-se a eles. — Console — disse-lhe o Professor — console o bom Balthasar, que está totalmente consternado com toda a confusão que aconteceu.

Cândida, que tinha bom coração, sentiu muita pena do pobre Balthasar, de pé à sua frente, todo confuso e de olhos baixos. Estendendo-lhe a mão, sussurrou-lhe com um gracioso sorriso:

— Mas são mesmo muito engraçadas as pessoas que têm tanto pavor de gatos.

Balthasar apertou com fervor a mão de Cândida contra seus lábios. Cândida pousou nele seu expressivo olhar celestial. Enleado, ele ascendeu ao paraíso, sem pensar mais em

Cinábrio ou em miados de gatos. O tumulto encerrou-se e a calma se restabeleceu. A dama de nervos delicados estava sentada à mesa do chá, e saboreava biscoitos que mergulhava em rum, assegurando que isso reconfortava o espírito ameaçado por um poder hostil, e que ao susto repentino seguia-se uma lânguida esperança!...

Também os dois senhores idosos, aos quais lá fora um gato fugitivo realmente tinha passado por entre as pernas, retornaram tranquilizados e procuravam, como vários outros, a mesa de jogos.

Balthasar, Fabian, o professor de Estética e vários jovens sentaram-se em companhia das senhoras. O senhor Cinábrio, entrementes, tinha puxado para si um banquinho e, por meio dele, subido ao sofá, no qual então tomou assento entre duas senhoras, lançando olhares orgulhosos e faiscantes à sua volta.

Balthasar acreditou ter chegado o momento correto de trazer à luz o seu poema sobre o amor do rouxinol pela rosa púrpura. Por isso, com o conveniente acanhamento que é de praxe entre jovens poetas, ele declarou que, caso lhe permitissem acreditar que não suscitaria fadiga e aborrecimento, e caso pudesse ter a esperança de contar com a benevolente indulgência dos ilustres presentes, ele desejaria aventurar-se a ler em voz alta um poema, o mais recente fruto da inspiração de sua musa.

Como as senhoras já haviam discutido suficientemente sobre tudo que acontecera de novo na cidade, como as moças já haviam debatido devidamente o último baile na casa do presidente e até concordado quanto à forma correta dos chapéus em moda, e como os homens não podiam contar com mais comes e bebes pelas próximas duas horas, Balthasar foi convidado por unanimidade a não privar os ali reunidos desse magnífico deleite.

Balthasar tomou seu manuscrito, redigido com apuro e esmero, e declamou.

Sua própria obra, que de fato irrompera, com toda a força e bulício, de uma autêntica alma poética, entusiasmava-o mais e mais. Sua declamação, em um impetuoso crescendo, traía a chama interna de um coração apaixonado. Ele estremecia de encantamento quando suaves suspiros, vários "Ah!" sussurrados pelas mulheres e muitas exclamações dos homens: "Magnífico... excelente... divino!", convenciam-no de que seu poema estava arrebatando a todos.

Finalmente ele chegou ao final. Todos então exclamaram:

— Que poema... que ideias... que fantasia... que belos versos... que sonoridade... Obrigado... muito obrigado, caro senhor Cinábrio, pelo prazer celestial...

-O quê? Como? — exclamou Balthasar; mas ninguém lhe dava atenção, e lançaram-se todos em direção a Cinábrio, que se inflava em cima do sofá como um pequeno peru e dizia com uma voz desagradável e roufenha:

— Muito obrigado... muito obrigado... são tão amáveis!... é uma bagatela que anotei apenas ontem à noite, às pressas!

Mas o professor de Estética bradou:

— Esplêndido... divino Cinábrio!... Meu amigo do coração, com exceção de mim mesmo, você é o maior poeta que existe hoje sobre a face da Terra! Venha até o meu peito, bela alma!

Dizendo isso, arrancou o pequeno do sofá, ergueu-o no ar, abraçou-o e beijou-o. Cinábrio, enquanto isso, comportava-se muito mal. Com as pequenas perninhas, golpeava a gorda barriga do professor e choramingava:

— Solte-me... solte-me... isto dói... dói... dói... eu arranco seus olhos... vou partir seu nariz com meus dentes!

— Não — exclamou o professor enquanto assentava o pequeno sobre o sofá —, não, gracioso amigo, nada de modéstia exagerada!

Mosch Terpin, que também se aproximara vindo da mesa de jogos, tomou a mãozinha de Cinábrio, apertou-a e disse com gravidade:

— Excelente jovem! Sem dúvida não foi exagero, não foi sequer o suficiente, o que me falaram acerca do grande gênio que habita sua alma.

— Qual de vocês — gritou agora outra vez o professor de Estética em pleno entusiasmo —, qual de vocês, donzelas, irá recompensar com um beijo o magnífico Cinábrio pelo seu poema, no qual o mais puro amor foi expresso com o mais profundo sentimento?

Cândida então levantou-se, aproximou-se do pequeno com as faces em chamas, ajoelhou-se e beijou-lhe a boca hedionda de lábios azulados.

— De fato — vociferou agora Balthasar como em um súbito acesso de loucura —, de fato, Cinábrio, divino Cinábrio, foi você que compôs o profundo poema sobre o rouxinol e a rosa púrpura, e a você cabe a magnífica recompensa que recebeu!

Com isso, ele puxou Fabian para o aposento ao lado e disse:

— Faça-me o favor de fixar seus olhos em mim e depois diga-me aberta e honestamente se eu sou ou não o estudante Balthasar, se você realmente é Fabian, se estamos na casa de Mosch Terpin, se estamos sonhando, se estamos loucos, puxe-me pelo nariz ou sacuda-me com força para que eu desperte desta maldita alucinação!

— Mas você — revidou Fabian —, mas você está mesmo se comportando como um doido, por ciúme puro e simples, só porque Cândida beijou o pequeno. Você mesmo há de convir que o poema que o pequeno recitou era com efeito excelente.

— Fabian — exclamou Balthasar com a expressão do mais profundo assombro —, o que você está dizendo?

— Ora, claro — continuou Fabian —, ora, claro, o poema do pequeno foi excelente, e penso que ele fez por merecer o beijo de Cândida... Aliás, parece mesmo haver muitas coisas nesse estranho homenzinho que valem mais do que uma bela figura. E mesmo no que se refere à sua aparência, ele já não me parece mais tão horrendo como antes. Durante a leitura do poema, seu entusiasmo interior embelezou os traços do seu rosto de modo que, frequentemente, ele pareceu ser um rapaz airoso e de corpo bem formado, muito embora, afinal, ele mal tivesse altura para emergir por detrás da mesa. Renuncie ao seu ciúme inútil e, como poeta, torne-se amigo de outro poeta!

— O quê — gritou Balthasar cheio de cólera —, o quê? Além de tudo tornar-me amigo do maldito monstro que eu gostaria de estrangular com minhas próprias mãos?

— Nesse caso — disse Fabian —, nesse caso você está dando as costas a todo o bom senso. Mas voltemos ao salão, onde algo de novo deve estar acontecendo, já que ouço altos gritos de aclamação.

Mecanicamente Balthasar seguiu seu amigo salão adentro.

Enquanto entravam, o professor Mosch Terpin estava postado sozinho no centro, tendo ainda na mão os instrumentos com os quais executara algum experimento físico, e, no rosto, uma rígida expressão de perplexidade. Todos os convivas tinham-se reunido em torno do pequeno Cinábrio que, na ponta dos pés e apoiado no bastão, recebia com olhar de orgulho o aplauso que afluía de todos os lados. Novamente os olhares se voltaram para o professor que apresentou um outro gracioso truque de prestidigitação. Mal terminara, e todos mais uma vez gritavam aglomerando-se em torno do pequeno:

— Excelente... magnífico, caro senhor Cinábrio!

Por fim, o próprio Mosch Terpin saltou para junto do pequeno e gritou dez vezes mais forte do que os demais:

TERCEIRO CAPÍTULO

— Excelente... magnífico, caro senhor Cinábrio!

Entre os convivas encontrava-se o jovem príncipe Gregor, que estudava na universidade. O príncipe tinha a mais agradável aparência que se poderia imaginar e, além disso, suas maneiras eram tão nobres e desenvoltas que se podia claramente identificar nelas sua alta ascendência e o hábito de frequentar os círculos mais distintos.

Era justamente o príncipe Gregor que não se afastava de modo algum de Cinábrio, elogiando-o desmesuradamente como o mais excepcional poeta e o mais habilidoso físico.

Curioso era o par que os dois juntos formavam. A magnífica figura de Gregor contrastava de maneira singular com o minúsculo homenzinho que, com o nariz bem esticado para o alto, mal conseguia manter-se de pé sobre as perninhas franzinas. Todos os olhares das mulheres para lá se dirigiam, mas não para o príncipe e sim para o pequeno, que, elevando-se sobre as pontas dos pés, voltava sempre a cair e, dessa forma, oscilava para cima e para baixo como um diabinho cartesiano.[3]

O professor Mosch Terpin aproximou-se de Balthasar e disse-lhe:

— Que me diz do meu protegido, do meu querido Cinábrio? Esse homem tem grandes qualidades e, olhando bem para ele, pressinto muito bem as verdadeiras circunstâncias que o envolvem. O pároco que o criou e recomendou a mim expressou-se de forma muito misteriosa sobre sua origem. Mas observe só a nobre elegância e suas maneiras fidalgas e desenvoltas. Ele deve ser de linhagem aristocrática, talvez seja até o filho de um rei! Neste momento anunciou-se que a ceia estava posta. Cinábrio cambaleou desajeitado até Cândida, tomou sua mão desastradamente e conduziu-a até a sala de jantar.

---

[3] O ludião de Descartes, ou diabrete de Descartes, consiste em um aparelho para demonstração do princípio de Arquimedes.

Completamente exasperado, o infeliz Balthasar correu para casa, atravessando em disparada a noite escura, a chuva e o vendaval.

QUARTO CAPÍTULO

Como o violinista italiano Sbiocca ameaçou jogar o senhor Cinábrio contrabaixo adentro e o referendário Pulcher não conseguiu entrar para as Relações Exteriores — Sobre funcionários da Alfândega e prodígios mantidos para uso doméstico — O encantamento produzido em Balthasar pelo castão esférico de uma bengala.

Sentado no recanto mais solitário da floresta, sobre um rochedo saliente coberto de musgo, Balthasar olhava pensativo para o abismo, onde um regato seguia seu caminho borbulhando espumante entre blocos de rocha e densa vegetação. Nuvens escuras passavam e mergulhavam atrás das montanhas; o farfalhar das árvores e o rugir das águas retumbavam como surdas lamentações, às quais se misturavam as vozes esganiçadas de pássaros de rapina que, alçando-se até a imensidão do céu, por cima da tenebrosa mata cerrada, lançavam-se em perseguição às nuvens fugidias.

Balthasar tinha a impressão de distinguir nas maravilhosas vozes da floresta o queixume desconsolado da Natureza, parecendo-lhe que ele próprio teria de submergir-se nesse queixume, como se todo o seu ser se reduzisse ao sentimento da dor mais profunda e inexpugnável. O coração queria partir-se de tristeza e, à medida que copiosas lágrimas gotejavam de seus olhos, parecia que os espíritos no rio da floresta estavam espreitando-o e estendiam de dentro da correnteza seus braços alvos como a neve para puxá-lo até o fundo gelado.

Nesse momento o som claro e alegre de trompas veio

de longe flutuando pelos ares e pousou em seu peito, reconfortando-o; e a nostalgia despertou nele e, com ela, uma doce esperança. Olhou à sua volta e, enquanto as trompas continuavam soando, as verdes sombras do bosque não lhe pareceram mais tão tristes, nem tão lamentoso o rumorejar do vento e o sussurro do arvoredo. As palavras lhe vieram.

– Não – bradou ele, saltando do seu assento e lançando ao longe um olhar fulgurante –, não, ainda não desapareceu toda a esperança!... É mais do que certo que algum segredo sombrio, algum feitiço malévolo entrou conturbadoramente em minha vida, mas hei de quebrar esse encantamento ainda que isso signifique o meu fim!... Pois, quando arrebatado, subjugado pelo sentimento que estava rompendo meu peito, confessei finalmente meu amor à doce e graciosa Cândida, não li afinal em seus olhos, não senti no aperto de sua mão a minha felicidade? Mas, assim que o maldito monstrinho surge à vista, é a *ele* que todo o amor passa a ser endereçado. É nele, no execrável aleijado, que se prendem os olhos de Cândida, e suspiros saudosos escapam de seu peito quando o desajeitado rapazola dela se aproxima ou mesmo toca sua mão. Deve haver alguma circunstância secreta envolvendo-o, e, se eu acreditasse em tolos contos da carochinha, diria que o rapaz está encantado e sabe, como se diz, enfeitiçar as pessoas. Não é estranho que todos escarneçam e ridicularizem esse homenzinho disforme e totalmente negligenciado pela Natureza, e depois, quando ele entra em cena, aclamem-no como o mais sábio, inteligente e até mesmo o mais bem-apessoado estudante que se encontra atualmente entre nós? Que digo? Não ocorre quase o mesmo comigo, não tenho eu também com frequência a impressão de que Cinábrio é sensato e belo? É só na presença de Cândida que o feitiço não tem poder sobre mim, nesses momentos o senhor Cinábrio é e continua sendo uma mandragorazinha estúpida e repugnante!

QUARTO CAPÍTULO

Pois sim! Vou resistir a esse poder hostil; tenho, no fundo de minha alma, o obscuro pressentimento de que alguma circunstância inesperada vai entregar-me nas mãos a arma contra o pernicioso demônio!

Balthasar procurou o caminho de retorno para Kerepes. Seguindo por uma aleia de árvores, ele avistou, na estrada principal, uma pequena carruagem carregada de bagagens, da qual alguém lhe acenava amigavelmente com um lenço branco. Ao aproximar-se, reconheceu o senhor Vincenzo Sbiocca, o mundialmente famoso virtuose do violino, que Balthasar tinha em altíssima conta devido à sua excelente e expressiva execução, e com quem tomava aulas já há dois anos.

— Que bom — exclamou Sbiocca enquanto pulava para fora do carro —, que bom, meu querido senhor Balthasar, meu caro amigo e aluno, que bom que eu ainda pude encontrá-lo aqui, para poder despedir-me cordialmente.

— Como — disse Balthasar —, como, senhor Sbiocca? Será possível que o senhor esteja abandonando Kerepes, onde todos o respeitam e estimam, e ninguém gostaria de ser privado de sua presença?

— Sim — replicou Sbiocca, enquanto todo o ardor de sua cólera interior lhe subia ao rosto —, sim, senhor Balthasar, estou abandonando um lugar no qual todos enlouqueceram, um lugar que se assemelha a um grande asilo de lunáticos. O senhor não compareceu ontem ao meu concerto, visto que esteve fora da cidade, caso contrário poderia ter-me apoiado contra o povo furioso que me subjugou!

— O que aconteceu, pelos céus, o que aconteceu? — exclamou Balthasar.

— Eu toquei — continuou Sbiocca —, o mais difícil concerto de Viotti.[1] É o meu orgulho, minha alegria. O senhor

---

[1] Giovanni Battista Viotti (1755—1824), compositor e violinista italiano; em 2 de novembro de 1819 Hoffmann assistiu à execução de um de seus concertos para violino.

já me ouviu tocá-lo, e nunca ficou indiferente. Ontem eu estava, bem posso dizê-lo, com uma disposição excelente — *anima*, quero dizer, um estado de espírito elevado — *spirito alato*, quero dizer. Nenhum violinista em toda a vasta Terra, nem sequer o próprio Viotti, teria podido igualar-se a mim. Quando concluí, a ovação irrompeu com toda fúria — com *furore*, quero dizer, como eu esperava. Com o violino sob o braço avanço alguns passos à frente, para agradecer com polidez... Mas o que vejo? O que sou obrigado a ouvir? Todos, sem dar-me a menor atenção, acotovelam-se em direção a um dos cantos do salão, gritando: "*Bravo! Bravissimo*, divino Cinábrio! Que interpretação! Que postura! Que expressividade, que destreza!" Eu corro para lá, abro caminho por entre o público! Ali está um sujeito raquítico, de três palmos de altura, dizendo com uma desagradável voz áspera e roufenha: "Obrigado... muito agradecido... toquei segundo minhas forças... de agora em diante sou, sem dúvida, o mais exímio violinista da Europa e das outras partes conhecidas do mundo." "Com mil diabos", gritei, quem foi que tocou, afinal, eu ou esta minhoca que aí está?" E enquanto o pequeno continua grasnando: "Obrigado, muitíssimo obrigado", eu tento arremessar-me sobre ele para aplicar-lhe em cheio meu dedilhado. Mas então todos se lançam sobre mim, dizendo coisas malucas sobre inveja, ciúme e ódio. Entrementes alguém grita: "E que composição!", e todos exclamam a seguir em uma só voz: "E que composição... divino Cinábrio!... Sublime compositor!" Ainda mais irado do que antes eu vocifero: "Estarão todos dementes... possessos? O concerto foi composto por Viotti e eu — eu — o mundialmente famoso Vincenzo Sbiocca, toquei-o!" Nesse momento eles me agarram com firmeza, falando de insensatez italiana — *rabbia*, quero dizer — de crises inesperadas, e conduzem-me com violência para um cômodo vizinho, tratando-me como um doente, como um tresloucado. Não tarda muito e a Signora Bragazzi

QUARTO CAPÍTULO

precipita-se para dentro e cai desfalecida. Tivera a mesma sorte que eu. Assim que ela terminara sua ária, retumbaram no salão os gritos: *"Brava... Bravissima...* Cinábrio", e todos gritavam não haver no mundo uma outra cantora desse porte além de Cinábrio, que grasnava novamente o seu maldito: "Obrigado... obrigado!". A Signora Bragazzi foi acometida pela febre e não tardará em deixar este mundo; quanto a mim, vou salvar-me, pela fuga, do povo enlouquecido. Adeus, caro senhor Balthasar!... Se acaso vir o *Signorino* Cinábrio, faça-me a gentileza de dizer-lhe para jamais comparecer a qualquer concerto no qual eu esteja tocando. Sem hesitação eu o agarraria pelas suas perninhas de besouro e o enfiaria no contrabaixo pelo buraco em f, onde ele poderia tocar concertos e cantar árias como bem quisesse pelo resto de sua vida. Passe bem, meu caro Balthasar, e não deixe de lado o violino!

Com estas palavras o senhor Vincenzo Sbiocca abraçou Balthasar, que estava petrificado de assombro, e entrou na carruagem que se afastou ligeira.

— Pois não é que eu tinha mesmo razão? — disse Balthasar consigo próprio —, pois não é que eu tinha mesmo razão? Cinábrio, essa coisa sinistra, está realmente encantado e consegue enfeitiçar as pessoas.

No mesmo instante um jovem passou correndo, pálido, transtornado e mostrando loucura e desespero em seu semblante. Balthasar sentiu um peso no coração. Acreditando ter reconhecido no rapaz um de seus amigos, lançou-se rapidamente em seu encalço para dentro do bosque.

Mal dera vinte ou trinta passos, pôde distinguir o referendário Pulcher, que parara debaixo de uma grande árvore e, com os olhos voltados para o céu, assim dizia:

—Não!... impossível suportar por mais tempo esta ignomínia!... Toda a esperança da vida está perdida!... A única perspectiva é a da morte... Adeus... vida... mundo... esperança... amada...

E com isso o referendário, em desespero, arrancou do peito uma pistola e apertou-a contra a testa.

Com a rapidez de um raio, Balthasar precipitou-se em sua direção, arremessou a pistola da sua mão para bem longe e exclamou:

— Pulcher! Pelo amor de Deus, o que há com você, o que você está fazendo?

O referendário demorou alguns minutos para voltar a si. Ele jazia sobre a relva, meio desfalecido; Balthasar havia se sentado junto dele e dizia palavras consoladoras da melhor maneira que podia, sem saber a causa do desespero de Pulcher.

Cem vezes Balthasar perguntara o que de tão horrível tinha acontecido ao referendário, a ponto de despertar nele a tenebrosa ideia do suicídio. Afinal, Pulcher suspirou profundamente e começou:

— Você conhece, querido amigo Balthasar, minha precária situação, você sabe como eu havia depositado toda minha esperança na obtenção do cargo de amanuense privado que ficara vago junto ao Ministério das Relações Exteriores; você sabe com quanto zelo, com quanto afinco eu me preparei para isso. Tinha entregue meus trabalhos, os quais, como fui informado para minha alegria, obtiveram pleno assentimento do ministro. Com quanta confiança eu me apresentei hoje pela manhã para o exame oral!... Na sala, encontrei um sujeito pequeno e deformado, que você provavelmente deve conhecer sob o nome de senhor Cinábrio. O conselheiro de embaixada, que estava incumbido da prova, aproximou-se de mim com amabilidade e disse-me que o senhor Cinábrio também se havia inscrito para o mesmo cargo que eu almejava ocupar, de modo que iria submeter *ambos* ao exame. Segredou-me, então, ao ouvido: "O senhor nada tem a temer de seu concorrente, caro referendário, os trabalhos que o pequeno Cinábrio apresentou são deploráveis!" O exame teve início e eu não deixei de responder nenhuma das perguntas do conselheiro. Cinábrio não sabia absolutamente nada; em lugar de responder, rosnava e coaxava algo ininteligível que ninguém compreendia e, sacolejando descuidadamente as perninhas, caiu algumas vezes de sua alta cadeira, obrigando-me a reerguê-lo. Meu coração estremecia de júbilo; e os olhares amáveis que o conselheiro lançava para o pequeno, eu os tomava como uma ironia das mais cortantes. A prova terminara. Quem poderia descrever meu sobressalto — foi como se um raio súbito tivesse-me arremessado para dentro das profundezas da terra — quando o conselheiro abraçou o pequeno e lhe disse: "Esplêndido rapaz!... Quanto conhecimento... que raciocínio... que perspicácia!", e então, dirigindo-se a mim: "O senhor me decepcionou muito, senhor referendário Pulcher... O senhor não sabe absolutamente nada! E... não me leve a mal, mas o modo como se comportou durante a prova fere todos os bons costumes, é contrário a toda a decência! Afinal, o senhor nem conseguia se manter sobre a cadeira, caindo ao chão e tendo que ser levantado pelo senhor Cinábrio. Funcionários do corpo diplomático precisam ser absolutamente sóbrios e judiciosos. *Adieu*, senhor referendário!" Eu ainda considerava tudo aquilo como uma louca alucinação. Ousei ir ao ministro. Sem receber-me, ele mandou dizer que era um grande atrevimento de minha parte importuná-lo com uma visita depois da maneira como me portara durante o exame — ele já estava informado de tudo! — e que o posto para o qual eu me candidatara tão intempestivamente já fora conferido ao senhor Cinábrio! Dessa forma, algum poder diabólico arrebatou-me toda a esperança, e de bom grado quero sacrificar uma vida castigada por essa sombria fatalidade! Deixe-me!

— Jamais — exclamou Balthasar —, ouça-me primeiro!

Contou-lhe então tudo o que sabia sobre Cinábrio, desde sua primeira aparição defronte ao portão de Kerepes; sua experiência com o homenzinho na casa de Mosch Terpin; o que acabara de ouvir de Vincenzo Sbiocca.

— É mais do que certo — disse então — que há algo de misterioso por trás de todas as ações do infeliz aleijão, e acredite-me, amigo Pulcher, se o caso envolver algum feitiço infernal, então tudo dependerá apenas de enfrentá-lo com firmeza; a vitória está garantida desde que haja coragem. Por isso, nada de esmorecer, nada de tomar decisões precipitadas. Combatamos unidos o pequeno bruxo!

— Bruxo! — exclamou o referendário com entusiasmo. — Sim, bruxo, o pequeno é com certeza um bruxo maldito e execrável! Mas, irmão Balthasar, o que acontece conosco, estaremos sonhando? Bruxarias... encantamentos... Estas coisas já não acabaram há muito tempo? Afinal, o príncipe Paphnutius, o Grande, não introduziu há muitos anos o Iluminismo e não baniu do país todo esse desvario e tudo o que é incompreensível? E, contudo, alguém desse bando amaldiçoado conseguiu imiscuir-se entre nós! Com mil diabos, isso deveria ser denunciado à polícia e aos funcionários da Alfândega! Mas, não, não, só a demência das pessoas — ou, como chego a temer, um portentoso suborno — é responsável pelo nosso infortúnio. O maldito Cinábrio é incomensuravelmente rico, segundo se diz. Recentemente ele estava parado diante da Casa da Moeda e as pessoas apontavam-no com o dedo e exclamavam: "Vejam lá o belo patrãozinho! A ele pertence todo o lustroso ouro que é cunhado lá dentro!"

— Calma — retrucou Balthasar —, calma, amigo referendário, não é com ouro que este diabo atinge seus fins, há alguma outra coisa por trás disso tudo! É verdade que o príncipe Paphnutius introduziu o Iluminismo, para grande proveito de seu povo e seus descendentes, mas muitas coisas maravilhosas e incompreensíveis subsistiram. Eu acredito que alguns vistosos prodígios foram mantidos para uso doméstico. Por exemplo, de reles sementinhas continuam

QUARTO CAPÍTULO

nascendo as árvores mais altas e formidáveis, assim como os mais variados frutos e tipos de cereais com os quais enchemos a barriga. E inclusive ainda se permite às matizadas flores e aos insetos usarem em suas pétalas e asas as cores mais resplandecentes, até mesmo os mais deslumbrantes caracteres, dos quais nenhum ser humano sabe se são pinturas a óleo, guache ou aquarela, e nenhum diabo de escrivão consegue ler a garbosa escrita cursiva e, menos ainda, copiá-la! Sim, sim, referendário, eu lhe digo, por vezes surgem em meu íntimo ideias extravagantes! Ponho o cachimbo de lado e dou longas passadas para cima e para baixo em meu quarto e uma estranha voz sussurra que eu mesmo sou um milagre, que o feiticeiro Microcosmo age em mim e me impele a todo tipo de desatinos! E então, referendário, eu saio e olho para o âmago da natureza e entendo tudo o que as flores, as águas me dizem, e uma felicidade celestial me envolve!

— Você está delirando — exclamou Pulcher; mas Balthasar, sem lhe dar atenção, estendeu os braços rumo ao horizonte como se estivesse tomado de ardente nostalgia.

— Escute só — exclamou Balthasar —, escute só, oh, referendário, que música celestial está ressoando através da floresta no murmúrio do vento ao entardecer!... Está ouvindo como as fontes entoam mais alto o seu canto? E como os arbustos e flores se unem com suas maviosas vozes a esta melodia?

O referendário aguçou os ouvidos para escutar a música da qual falava Balthasar.

— De fato — respondeu então —, de fato, há sons flutuando por entre a floresta; são os mais encantadores e magníficos que eu já ouvi em minha vida e penetram-me profundamente na alma. Entretanto, não é o vento, nem os arbustos nem as flores que estão cantando assim; parece-me muito mais como se, na longínqua distância, alguém estivesse tangendo as campânulas mais graves de uma harmônica de cristal.²

Pulcher tinha razão. Os acordes cheios que, em um crescendo, soavam mais e mais próximos, assemelhavam-se realmente aos sons de uma harmônica de cristal, cujo tamanho e potência, contudo, deviam ser inauditos. Assim que os amigos avançaram um pouco mais ofereceu-se-lhes um espetáculo tão fabuloso que eles estancaram, paralisados — petrificados — de assombro. À pequena distância passava lentamente pela floresta, em seu veículo, um homem, vestido à moda chinesa, exceto pelo barrete estufado que trazia à cabeça, ornado de belos remígios. A carruagem parecia uma concha aberta, feita de cristal cintilante, e as duas rodas altas pareciam ser do mesmo material. Conforme elas giravam, faziam-se ouvir os deslumbrantes sons de harmônica que os amigos já haviam escutado ao longe. Dois unicórnios brancos como a neve, em arreios de ouro, puxavam o carro, sobre o qual, ao invés do cocheiro, assentava-se um faisão prateado segurando em seu bico as rédeas de ouro. No alto da parte traseira estava pousado um escaravelho dourado que, tremulando as asas refulgentes, parecia estar abanando o fabuloso homem em sua concha. Assim que passou pelos dois amigos, ele cumprimentou-os amavelmente com um aceno de cabeça. Nesse momento, o reluzente castão esférico da longa bengala que o homem trazia na mão lançou um raio até Balthasar, que sentiu em seu peito uma pontada abrasadora e estremeceu, soltando um "ah!" abafado.

O homem fitou-o e sorriu, e acenou ainda mais amavelmente do que antes. Quando o veículo mágico desapareceu no denso arvoredo e os sons da harmônica ainda ecoavam

---

² Instrumento musical inventado por volta de 1763 — sendo, portanto, bastante recente na época de Hoffmann — e que mais tarde desapareceu. Consistia em chapas ou canos de vidro pelos quais o instrumentista passava os dedos molhados, dando origem, assim, a um som delicado e semelhante ao da flauta.

suavemente, Balthasar, profundamente tomado de alegria e entusiasmo, abraçou o amigo e exclamou:

— Referendário, nós estamos salvos!... É este homem que quebrará o atroz feitiço de Cinábrio!

— Não sei — disse Pulcher —, não sei o que está acontecendo comigo, se estou acordado ou adormecido; mas com toda certeza posso dizer que um bem-estar desconhecido se apossou de mim, e que o consolo e a esperança retornaram à minha alma.

QUINTO CAPÍTULO

Como o príncipe Barsanuph comeu cotovias de Leipzig e tomou licor de Danzig no desjejum, ficou com uma mancha de manteiga em sua calça de casimira e promoveu o Secretário Particular Cinábrio a Conselheiro Especial do Governo – Os livros de gravuras do doutor Prosper Alpanus – Como um porteiro mordeu o dedo do estudante Fabian, este vestiu um casaco de cauda longa e foi por isso vítima de escárnio – A fuga de Balthasar.

Não se poderia ocultar por mais tempo que o ministro das Relações Exteriores, junto ao qual o senhor Cinábrio fora aceito como amanuense privado, era um descendente daquele mesmo Barão Prätextatus von Mondschein que em vão tinha procurado, nas crônicas e livros de justas, a árvore genealógica da fada Rosabelverde. Ele se chamava, como seu ancestral, Prätextatus von Mondschein, era dotado da mais distinta formação, das mais afáveis maneiras, nunca trocava o me e o mim, o vós e o vos, escrevia seu nome em letras francesas, tendo uma caligrafia em geral legível, e vez por outra trabalhava até mesmo *pessoalmente*, em especial quando fazia mau tempo. O príncipe Barsanuph, um sucessor do grande Paphnutz, amava-o ternamente, pois ele tinha uma resposta para cada pergunta, jogava boliche com os nobres nas horas de lazer, entendia magnificamente bem das questões de dinheiro e, na gavota, associava-se aos de sua própria classe.

Aconteceu que o Barão Prätextatus von Mondschein tinha convidado o príncipe para um desjejum à base de cotovias de Leipzig acompanhadas de um pequeno cálice de licor de Danzig. Quando chegou à casa de Mondschein, o príncipe encontrou na ante-sala, entre vários amáveis diplomatas, o pequeno Cinábrio que, apoiado em seu bastão, encarou-o com seus olhinhos chamejantes e, sem preocupar-se minimamente com ele, enfiou na boca uma cotovia assada que acabara de surrupiar da mesa. Assim que o príncipe avistou o pequeno, sorriu-lhe com bondade e disse ao ministro:

— Mondschein, mas que belo e inteligente homenzinho o senhor tem em sua casa! Com certeza é o mesmo que elaborou os relatórios tão bem escritos e de estilo tão elegante que venho recebendo de seu gabinete há algum tempo.

— Com efeito, digníssimo senhor – respondeu Mondschein. – O destino o conduziu a mim e nele eu tenho o funcionário mais hábil e engenhoso de meu escritório. Ele se chama Cinábrio, e eu recomendo muito especialmente este jovem e magnífico rapaz à sua benevolência e sua mercê, meu amado príncipe! Há apenas alguns dias que ele trabalha comigo.

— E justamente por isso – disse um jovem e belo rapaz que, nesse meio tempo, havia-se aproximado –, e justamente por isso, permita-me Vossa Excelência observar, o meu pequeno colega ainda não expediu absolutamente nada. Os relatórios que tiveram a felicidade de atrair a benevolente atenção de Vossa Alteza, oh, sereníssimo príncipe, foram redigidos por mim.

— Que quer o senhor? – disse-lhe rispidamente o príncipe enfurecido.

Cinábrio tinha-se insinuado para bem perto do príncipe, enquanto devorava a cotovia com gula e apetite, mastigando ruidosamente com a boca aberta. O jovem rapaz fora de fato o autor daqueles relatórios, mas o príncipe lhe bradou:

— Que quer o senhor? O senhor ainda nem mesmo tocou na pena! E, além disso, comendo cotovias assadas tão perto de mim que — como observo para minha grande indignação — minha calça nova de casimira já tem uma mancha de manteiga, além disso mastigando de modo tão inconveniente, com a boca aberta, enfim, tudo isso comprova suficientemente sua total incapacidade para toda e qualquer atividade diplomática! Faça-me a gentileza de ir-se embora e não apareça mais em minha frente a não ser que me traga algum tira-manchas capaz de limpar minha calça de casimira... Nesse caso talvez eu seja outra vez clemente para consigo!

— Em seguida, dirigindo-se a Cinábrio:

— Jovens assim como o senhor, valoroso Cinábrio, são uma glória para o Estado e merecem uma distinção honrosa! O senhor é a partir de agora Conselheiro Especial do Governo, meu caro.

— Muito agradecido — roncou Cinábrio enquanto engolia o último bocado e limpava a boca com as duas mãozinhas —, muito agradecido, vou tocar o negócio à minha maneira.

— Uma firme confiança em si mesmo — disse o príncipe, elevando a voz —, uma firme confiança em si mesmo é um testemunho da força interior que deve estar presente em todo o dignatário de Estado!

E com estas palavras, o príncipe brindou com um pequeno cálice de licor, que o ministro em pessoa lhe oferecera e que lhe fez muito bem. O novo Conselheiro teve que tomar lugar entre o príncipe e o ministro. Ele comeu uma quantidade inacreditável de cotovias e bebeu desordenadamente vinho de Málaga e licor de Danzig, rosnando e grunhindo por entre os dentes; e, como mal alcançava a mesa com o pontudo nariz, sacudia furiosamente as mãozinhas e perninhas.

Quando o desjejum chegou ao fim, o príncipe e o ministro exclamaram juntos:

— É um homem angelical, este Conselheiro Especial!

QUINTO CAPÍTULO

— Você parece — disse Fabian ao seu amigo Balthasar —, você parece tão contente, em seus olhos brilha uma chama toda especial. Você deve estar se sentindo feliz. Ah, Balthasar, talvez você esteja sonhando um formoso sonho, mas eu tenho que despertá-lo, esse é o dever de um amigo!

— O que você sabe? O que aconteceu? — perguntou Balthasar consternado.

— Sim — continuou Fabian —, sim!... Eu tenho que lhe dizer! Controle-se, meu amigo! Considere que nenhuma desgraça no mundo seja talvez tão dolorosa e, contudo, tão fácil de ser superada como justamente essa!... Cândida...

— Por Deus — gritou Balthasar horrorizado —, Cândida!... O que se passa com Cândida?... Ela se foi... ela está morta?

— Calma — continuou Fabian —, calma, meu amigo! Cândida não está morta, mas, para você, é como se o estivesse! Saiba que o pequeno Cinábrio tornou-se Conselheiro Especial do Governo, e está praticamente noivo da formosa Cândida, que, só Deus sabe como, está perdidamente apaixonada por ele, segundo dizem.

Fabian supôs que Balthasar iria desmanchar-se em uma torrente intempestiva e desesperada de lamentações e impropérios. Ao invés disso, ele disse, sorrindo calmamente:

— Se não é nada além disso, então não há nenhuma desgraça que possa me afligir.

— Você não ama mais Cândida? — perguntou Fabian cheio de espanto.

— Amo — respondeu Balthasar —, amo essa divina criança, essa encantadora donzela com todo o fervor, com toda a exaltação capazes de inflamar o peito de um jovem! E eu sei... Oh, eu sei que Cândida retribui esse amor e que é somente um amaldiçoado feitiço que a mantém subjugada, mas em breve eu soltarei as amarras dessa bruxaria, em breve aniquilarei o demônio que a fascina.

Balthasar fez então um relato detalhado ao amigo sobre o fabuloso homem, e seu veículo extraordinário, com quem se deparara na floresta. Terminou dizendo que, assim que o raio saído do castão esférico da bengala daquele ser encantado atingiu seu peito de maneira fulminante, produziu-se em seu íntimo a firme convicção de que Cinábrio nada mais era do que um bruxinho, cujo poder aquele homem iria aniquilar.

— Mas — exclamou Fabian quando o amigo terminou —, mas, Balthasar, como uma ideia tão maluca e estranha pôde vir-lhe à cabeça? O homem que você está tomando por um mágico não é ninguém mais que o doutor Prosper Alpanus, que mora próximo à cidade, em sua casa de campo. É verdade que correm os mais estranhos boatos sobre ele, de modo que se é tentado a considerá-lo quase um segundo Cagliostro;[1] mas ele próprio é o culpado disso. Ele adora manter-se em uma misteriosa obscuridade e adotar a aparência de um homem iniciado nos mais profundos segredos da Natureza, que domina forças desconhecidas e que, ademais, tem os caprichos mais bizarros. Assim, por exemplo, sua carruagem tem um feitio tão extraordinário que uma pessoa com uma imaginação viva e fogosa como a sua, meu amigo, pode ser levada a considerar tudo como uma aparição de algum extravagante conto de fadas. Ouça, portanto: seu cabriolé tem a forma de uma concha e foi totalmente coberto de prata; entre as rodas está afixado um realejo que toca por si mesmo, conforme o carro se movimenta. Aquilo que você acreditou ser um faisão prateado era com certeza o seu pequeno jóquei, vestido de branco; do mesmo modo você deve ter tomado os gomos de um para-sol aberto como sendo os élitros de um escaravelho dourado. Aos seus dois cavalos brancos ele faz atarraxar grandes chifres para que tenham a aparência mais fantástica possível. Além do mais,

---

[1] Giuseppe Balsamo Cagliostro (1743–1795), conde italiano e aventureiro famoso junto a todas as cortes europeias.

QUINTO CAPÍTULO

é verdade que o doutor Prosper Alpanus carrega uma linda bengala espanhola com um cristal assentado ao alto como castão e que faísca soberbamente; dos efeitos mágicos desse castão contam-se, ou melhor, inventam-se muitas histórias fabulosas. Pois o raio deste cristal, segundo se diz, é praticamente insuportável aos olhos. Se o doutor o recobre com um fino véu, e se alguém concentrar nele fixamente o olhar, a imagem da pessoa que ocupa seus pensamentos mais secretos se mostrará em seu exterior como em um espelho côncavo, assim se acredita.

— De fato — Balthasar interrompeu seu amigo —, de fato? Contam-se tais histórias?... E o que mais se fala ainda sobre o senhor doutor Prosper Alpanus?

— Ah — replicou Fabian —, não venha me pedir para entrar em detalhes sobre estas excentricidades e maluquices. Afinal, você bem sabe que ainda hoje existem pessoas fantasiosas que, contrariando o saudável bom senso, acreditam em todos os supostos prodígios dessas tolas histórias da carochinha.

— Eu quero lhe confessar — continuou Balthasar — que me sinto forçado a tomar o partido dessas pessoas fantasiosas desprovidas de um saudável bom senso. Madeira recoberta de prata não é cristal brilhante e transparente, um realejo não soa como uma harmônica, um faisão prateado não é um jóquei, assim como um para-sol não é um escaravelho dourado. Ou o fantástico homem que encontrei não é o doutor Prosper Alpanus do qual você está falando, ou o doutor domina realmente os mais extraordinários segredos.

— A fim de curá-lo — disse Fabian —, a fim de curá-lo em definitivo de suas curiosas fantasias, o mais aconselhável será conduzi-lo diretamente ao doutor Prosper Alpanus. Então você mesmo se dará conta de que o senhor doutor é um médico absolutamente comum e de forma alguma sai a passeio com unicórnios, faisões prateados e escaravelhos dourados.

— Você está — respondeu Balthasar enquanto seus olhos brilhavam intensamente —, você está, meu amigo, dando voz ao mais profundo anseio de minha alma... Vamos pôr-nos a caminho sem mais tardar.

Em breve eles estavam diante do portão, fechado a chave, do parque em cujo centro ficava a casa de campo do doutor Alpanus.

— Como poderemos entrar? — perguntou Fabian.

— Creio que devemos bater — replicou Balthasar e levou a mão à aldrava de metal que havia bem ao lado da fechadura.

Tão logo ele levantou a aldrava, teve início um murmúrio subterrâneo, semelhante a um trovão longínquo, que parecia dissipar-se nas entranhas mais profundas da terra. Lentamente o portão do jardim foi se abrindo, eles entraram e seguiram seu caminho por uma extensa e larga aleia ao fim da qual avistaram a casa de campo.

— Você — disse Fabian — consegue descobrir aqui algo de extraordinário, algo mágico?

— Eu suponho — revidou Balthasar — que o modo como o portão do jardim se abriu não é de todo comum e, além disso, tenho uma indefinível sensação de que tudo aqui é prodigioso, tudo é encantado... Existirão, afinal, em toda a redondeza árvores assim tão esplêndidas como as deste parque?... Eu diria mesmo que muitas árvores, muitos arbustos, com seus troncos reluzentes e folhas de esmeralda, dão a impressão de pertencerem a um país estranho e desconhecido.

Fabian notou duas rãs de tamanho descomunal que, já desde o portão, vinham acompanhando aos saltos os caminhantes, uma de cada lado.

— Belo parque — exclamou Fabian — onde existem tais bichos repugnantes! — e abaixou-se até o chão para apanhar uma pequena pedra e atirá-la nas alegres rãs. Ambas pularam para dentro das moitas e olharam-no com olhos brilhantes e humanos. — Esperem, esperem só! — bradou Fabian, fez mira em uma delas e arremessou.

Mas neste instante uma mulher pequena e feia sentada à beira do caminho disse com voz chorosa:

— Grosseirão! Não jogue pedras contra gente honesta que tem de ganhar com trabalho duro aqui no jardim o seu bocadinho de pão.

— Vamos, venha, venha — murmurou Balthasar horrorizado, pois havia percebido claramente que a rã se transformara na velha mulher. Uma espiada para dentro das moitas persuadiu-o que a outra rã, agora tornado em um pequeno homenzinho, ocupava-se em arrancar ervas daninhas.

Em frente à casa de campo havia um grande e belo gramado no qual os dois unicórnios pastavam, enquanto os mais sublimes acordes ressoavam pelos ares.

— Você está vendo? Está escutando? — perguntou Balthasar.

— Não vejo — respondeu Fabian — nada além de dois pequenos cavalos brancos comendo capim, e o que está ressoando nos ares são provavelmente harpas eólias[2] expostas ao ar livre.

Balthasar encantou-se com a arquitetura simples mas magnífica da casa de campo, térrea e de tamanho moderado. Ele puxou o cordão da campainha, a porta se abriu imediatamente e um grande pássaro semelhante a um avestruz com brilhante plumagem amarelo-dourada apresentou-se diante dos amigos, como um porteiro.

— Ora, veja — disse Fabian para Balthasar —, ora, veja só a extravagante libré!... Se quisermos mais tarde dar ao sujeito uma gorjeta, terá ele por acaso uma mão para colocá-la no bolso do colete?

[2] Instrumento composto de uma caixa ressonante com cordas esticadas que emite sons quando atingida pelo vento.

E com isso ele voltou-se ao avestruz, agarrou-o pela penugem reluzente que se eriçava debaixo do bico e junto à goela como um suntuoso jabô, e disse:

— Anuncie-nos ao senhor doutor, meu charmoso amigo!

Mas o avestruz nada disse além de um "Quirrrr" e mordeu o dedo de Fabian.

— Com mil demônios — gritou Fabian —, o sujeito, afinal, parece ser mesmo um maldito pássaro!

Neste mesmo instante uma porta interna abriu-se e o doutor em pessoa veio ao encontro dos amigos. Um homem pequeno, magro e pálido! Ele levava à cabeça um pequeno barretinho de veludo, sob o qual emergiam formosos cabelos em longos cachos; usava uma longa vestimenta indiana de cor ocre e pequenas botinas de laço vermelhas, não sendo possível distinguir se estas eram guarnecidas com peles coloridas ou com a plumagem brilhante de um pássaro. Em seu semblante havia a calma, a bondade em pessoa, parecendo apenas estranho que, fitando-o bem de perto e com bastante atenção, era como se houvesse em seu rosto um outro rostinho menor, olhando para fora como de uma caixa de vidro.

— Eu os avistei — disse então Prosper Alpanus com voz baixa e alongando um pouco as palavras, enquanto sorria amavelmente —, eu os avistei, meus senhores, da janela, e já sabia com antecedência, pelo menos no que se refere a si, querido senhor Balthasar, que viriam até minha casa. Queiram seguir-me, por gentileza!

Prosper Alpanus conduziu-os a uma sala alta e redonda, revestida em toda a volta de um cortinado azul celeste. A luz provinha do alto, de uma janela instalada na parte superior, e seus raios caíam sobre uma mesa de mármore sustentada por uma esfinge e resplandecente de polimento, que ficava bem no centro do aposento. Fora isso, nada de incomum era perceptível na câmara.

QUINTO CAPÍTULO

— Em que posso lhes servir? — perguntou Prosper Alpanus.

Balthasar pôs então em ordem suas ideias e narrou tudo o que sucedera com o pequeno Cinábrio desde a sua primeira aparição em Kerepes, e concluiu afirmando que lhe surgira a firme convicção de que ele, Prosper Alpanus, era o benfazejo mago que poria um fim à abjeta e infame feitiçaria de Cinábrio.

Prosper Alpanus permaneceu calado, perdido em profunda meditação. Finalmente, depois de terem passado talvez alguns minutos, com o rosto sério e em tom grave, ele principiou:

— Depois de tudo que o senhor me contou, Balthasar, não restam dúvidas de que circunstâncias extraordinárias e misteriosas envolvem o pequeno Cinábrio. Mas, primeiramente, é necessário conhecer o inimigo que se quer combater, e a causa dos efeitos que buscamos destruir. É bastante provável que o pequeno Cinábrio não seja nada mais do que um homenzinho-raiz, uma mandrágora. Vamos conferir isso sem mais demora.

Com essas palavras, Prosper Alpanus puxou um dos cordões de seda que pendiam do teto em toda a volta da sala. Uma cortina se abriu com uma farfalhada, grossos livros in-fólio em encadernações douradas surgiram à vista, e uma escada de cedro graciosa e leve como o ar veio desenrodilhando-se para baixo. Prosper Alpanus subiu por esta escada e retirou um fólio da fileira mais próxima ao teto, que depositou sobre a mesa de mármore depois de tê-lo desempoado cuidadosamente com um grande penacho de luzentes penas de pavão.

— Esta obra — disse então — trata dos homens-raiz, que estão todos aqui retratados; talvez o senhor encontre entre eles o seu inimigo Cinábrio, e então ele estará em nossas mãos.

Quando Prosper Alpanus abriu o livro, os dois amigos

divisaram um grande número de estampas gravadas em cobre com esmeradas iluminações que representavam os mais esdrúxulos e deformados homenzinhos com os rostos dispostos nas mais bizarras caretas que se poderia imaginar. Mas assim que Prosper tocava em um desses homenzinhos sobre a página, ele ganhava vida, saltava para fora, dava cambalhotas e saltitava para lá e para cá sobre a mesa de mármore, de forma bastante engraçada, e dava estalos com os dedinhos e fazia com as perninhas tortas as mais belas piruetas e passos de dança enquanto cantava "Quirr, quapp, pirr, papp" até Prosper Alpanus agarrá-lo pela cabeça e deitá-lo novamente no livro, onde ele de imediato retornava à sua forma lisa e plana de retrato colorido.

Dessa mesma maneira foram examinados todos os retratos do livro, mas sempre que Balthasar se sentia tentado a exclamar: "É ele, este aí é Cinábrio!", olhando com maior atenção, via-se obrigado a reconhecer, para seu próprio pesar, que aquele homenzinho de modo algum era Cinábrio.

— Mas isto é realmente deveras curioso — disse Prosper Alpanus, quando o livro chegou ao fim. — Entretanto — continuou —, é possível que Cinábrio seja um gnomo. Vamos verificar.

Com isto saltou novamente com rara agilidade para cima da escada de cedro, buscou um outro fólio, tirou-lhe com desvelo o pó, e deitou-o sobre a mesa de mármore, dizendo enquanto o abria:

— Esta obra trata dos gnomos, talvez consigamos apanhar Cinábrio neste livro.

Os amigos viram de novo um grande número de estampas gravadas em cobre com iluminações esmeradas que representavam uns demoniozinhos de um amarelo tostado e repugnantemente feios. Tão logo Prosper Alpanus os tocava, eles faziam ouvir lamúrias em um tom agudo e choroso, por fim arrastavam-se pesadamente para fora e rolavam então, rosnando e gemendo, sobre a mesa de mármore, até o doutor comprimi-los de volta para dentro do livro.

Tampouco entre esses Balthasar havia encontrado Cinábrio.

— Curioso, muito curioso — disse o Doutor, e mergulhou em muda reflexão.

— Não pode ser — prosseguiu então —, não pode ser o Rei dos Besouros, pois ele, como bem sei, está no momento ocupado em outro lugar; o Marechal das Aranhas também não, pois embora seja feio, o Marechal das Aranhas é inteligente e habilidoso, além de viver do trabalho de suas próprias mãos, não se apropriando dos feitos alheios... Curioso... muito curioso...

Ele calou-se novamente por alguns minutos, de modo que se podia ouvir com clareza todo tipo de vozes extraordinárias que soavam ao redor, ora como sons isolados, ora formando acordes cheios e crescentes.

— Mas que bela música soa em sua casa, a toda hora e por toda parte, caro senhor doutor — disse Fabian.

Prosper Alpanus parecia não dar a menor atenção a Fabian, e mantinha o olhar fixo apenas em Balthasar, enquanto estendia para ele os braços, movendo a seguir os dedos em sua direção, como se o estivesse borrifando com gotas invisíveis.

Por fim, o doutor segurou as duas mãos de Balthasar e disse-lhe com benevolente seriedade:

— Somente a mais pura consonância do princípio psíquico inerente à lei do dualismo favorece a operação que vou agora empreender. Sigam-me!

Os amigos seguiram o doutor através de vários aposentos que, exceto por alguns estranhos animais que se dedicavam a ler, escrever, pintar, dançar, não continham realmente nada de extraordinário, até que se abriram os dois batentes de uma porta e os amigos viram-se em frente a uma grossa cortina, atrás da qual desapareceu Prosper Alpanus, deixando-os em profunda escuridão. A cortina abriu-se farfalhando e os amigos perceberam que se encontravam em uma sala aparentemente oval, mergulhada em um mágico claro-escuro. Ao se observar as paredes, tinha-se a impressão de que o olhar se perdia em imensos bosques verdejantes e várzeas floridas onde chapinhavam fontes e riachos. Um perfume misterioso de aroma desconhecido flutuava para cima e para baixo, e parecia transportar os doces sons da harmônica para lá e para cá. Prosper Alpanus surgiu vestido totalmente de branco, como um brâmane, e dispôs no meio da sala um grande espelho redondo de cristal, sobre o qual atirou um véu.

— Venha — disse ele com voz abafada e solene —, venha para diante deste espelho, Balthasar, concentre firmemente seus pensamentos em Cândida... *Queira* com toda a sua alma que ela se mostre, neste instante que agora existe no espaço e no tempo.

Balthasar fez como lhe fora ordenado enquanto Prosper Alpanus postava-se às suas costas, descrevendo círculos em seu redor com ambas as mãos.

Poucos segundos se passaram até que um vapor azulado flutuou para fora do espelho. Cândida, a graciosa Cândida surgiu em sua figura encantadora, com toda a plenitude da vida! Mas a seu lado, bem perto dela, estava sentado o repugnante Cinábrio, que apertava-lhe as mãos e as beijava... E Cândida enlaçava o diabinho com um braço, acariciando-o!... Balthasar ia soltar um forte grito, mas Prosper Alpanus segurou-o firmemente pelos ombros e o grito ficou sufocado em seu peito.

— Calma — disse Prosper em voz baixa —, calma, Balthasar!... Pegue este bastão e dê alguns golpes no pequeno, mas sem sair do lugar.

Balthasar assim o fez e constatou, para sua alegria, que o pequeno se contorcia, caía de cabeça para baixo e rolava

QUINTO CAPÍTULO

por terra!... Em sua cólera ele saltou para a frente e a imagem desvaneceu-se em fumaça e névoa, e Prosper Alpanus puxou de volta o enfurecido Balthasar com violência, gritando:

— Pare!... Despedace o espelho mágico e todos nós estaremos perdidos!... Voltemos para a claridade.

Obedecendo a ordem do doutor, os amigos deixaram a sala e adentraram um cômodo adjacente, bem iluminado.

— O céu — exclamou Fabian respirando profundamente —, o céu seja louvado por termos saído daquela sala maldita. O ar asfixiante quase me sufocou o coração e, para completar, esses tolos jogos de prestidigitação pelos quais sinto a mais profunda repugnância.

Balthasar ia responder-lhe, quando entrou Prosper Alpanus.

— Agora — disse ele —, agora não restam mais dúvidas de que o deformado Cinábrio não é nem uma mandrágora nem um gnomo, mas um ser humano como os outros. O caso envolve, porém, um secreto poder mágico que eu ainda não consegui identificar, e exatamente por isso ainda não posso ajudá-lo... Volte a visitar-me em breve, Balthasar, e aí veremos o que se pode fazer. Adeus!

— Com que então — disse Fabian, chegando bem próximo do doutor —, com que então, o senhor é um mágico, senhor doutor, e, mesmo com toda a sua magia, não consegue deitar as mãos no pequeno e miserável Cinábrio? Pois saiba que eu o considero, juntamente com seus quadros coloridos, bonequinhos, espelhos encantados e todos os seus trastes ridículos, um autêntico e consumado charlatão! Quanto a Balthasar, que está apaixonado e faz versos, o senhor pode fazê-lo acreditar em um monte de tolices, mas comigo o senhor se dá mal! Sou um homem esclarecido e não dou crédito a nenhum tipo de prodígios!

— Pense — revidou Prosper Alpanus enquanto ria com mais intensidade e mais prazer do que seria de esperar tendo em vista sua disposição geral –, pense como bem lhe aprouver. Mas, muito embora eu não seja um mágico, ainda assim disponho de alguns truquezinhos bem interessantes.

– Provavelmente da *Magia* de Wiegleb[3] ou algo desse gênero! – exclamou Fabian. – Neste ponto o nosso professor Mosch Terpin leva-lhe a palma, e o senhor não pode se comparar àquele honesto homem que sempre nos mostra como tudo ocorre de forma natural, e não se cerca, como o senhor, de tais apetrechos misteriosos, meu prezado doutor. Bem, recomendo-me humildemente a Vossa Senhoria!

– Ah – disse o doutor –, mas o senhor não estará pensando em partir de minha casa assim tão zangado?

E assim dizendo, passou algumas vezes as mãos levemente pelos braços de Fabian, do ombro até o pulso, até este sentir uma sensação estranha e exclamar embaraçado:

– Mas o que é que o senhor está fazendo?

– Podem partir, meus senhores – disse o doutor –, quanto a si, senhor Balthasar, eu espero revê-lo muito em breve. Não tardará muito para que a solução seja encontrada!

Você não vai mesmo ganhar nenhuma gorjeta, meu amigo – disse Fabian ao porteiro amarelo-dourado enquanto saía, e esticou a mão para segurá-lo pelo jabô. Novamente o porteiro limitou-se a um "Quirr" e mordeu mais uma vez o dedo de Fabian.

– Animal! – gritou Fabian, e afastou-se rapidamente.

As duas rãs não deixaram de escoltar polidamente os amigos até o portão do jardim, que se abriu e fechou com um estrondo abafado...

– Não entendo – observou Balthasar, enquanto caminhava pela estrada atrás de Fabian –, não entendo, irmão, que casaco tão estranho você resolveu vestir hoje, com uma

---

[3] Johann C. Wiegleb, que preparou a segunda edição (1782) do *Unterricht in der natürlichen Magie* de J.N. Martius.

cauda tão absurdamente longa e as mangas assim tão pequeninas.

Fabian notou perplexo que sua curta jaqueta havia crescido atrás até atingir o chão, e que as mangas, em geral suficientemente longas, haviam, por sua vez, encolhido até os cotovelos.

— Com mil trovões! O que é isso? — exclamou ele, e puxou e repuxou suas mangas e sacudiu os ombros. Isto pareceu dar realmente resultados mas, quando atravessavam o portão da cidade, tanto se encolheram as mangas e tanto alongou-se a cauda que, não obstante os puxões, repuxões e sacudidelas, em pouco tempo as mangas chegavam à altura dos ombros, deixando à mostra os braços desnudos de Fabian, enquanto uma imensa cauda se arrastava atrás dele, esticando-se mais e mais. Todas as pessoas paravam e riam às gargalhadas, os moleques da rua, cheios de júbilo e exaltação, corriam às dúzias por sobre o longo talar, derrubando Fabian; e, quando este se erguia, não faltava nem um pedacinho da cauda, ao contrário, ela ficara ainda mais longa. E assim foram se tornando cada vez mais frenéticos o riso, o júbilo e a gritaria até que Fabian, quase enlouquecido, precipitou-se para dentro de uma casa aberta. Imediatamente a cauda também desapareceu.

Balthasar nem teve tempo para admirar-se com o estranho encantamento de Fabian, pois o referendário Pulcher agarrou-o e arrastou-o para uma rua afastada, dizendo-lhe:

— Como é possível que você ainda não tenha ido embora, que ainda apareça por aqui quando o bedel já está em seu encalço com uma ordem de prisão?

— Que é isso, de que você está falando? — perguntou Balthasar, perplexo.

— Tão longe — continuou o referendário —, tão longe arrastou-o a loucura do ciúme que você violou o direito da privacidade domiciliar, entrando à força na casa de Mosch Terpin, assaltando Cinábrio quando em companhia de sua noiva e espancando o deformado Pequeno Polegar até quase matá-lo!

— Mas como — exclamou Balthasar —, se durante o dia inteiro eu não me encontrava em Kerepes? É uma mentira infame!

— Ora, calma, calma. — interrompeu-o Pulcher — Fabian, com sua ideia maluca de usar um casaco imitando um longo vestido de cauda, foi a sua salvação. Agora ninguém está prestando atenção em você!... Poupe-se a humilhação de ser preso, quanto ao resto, resolveremos de um jeito ou de outro. Você não deve mais voltar à sua casa!... Dê-me as chaves, eu lhe mandarei suas coisas. Avante! Corra para Hoch-Jakobsheim!

E assim dizendo, o referendário arrastou Balthasar consigo por vielas recônditas, através do portão, rumo à aldeia de Hoch-Jakobsheim, onde o famoso erudito Ptolomäus Philadelphus escrevia seu notável livro sobre o desconhecido povo dos estudantes.

SEXTO CAPÍTULO

Como o Conselheiro Especial Cinábrio foi penteado em seu jardim e tomou um banho de orvalho na relva – A insígnia do Tigre Mosqueado de Verde – Afortunada ideia de um costureiro do teatro – Como a senhorita von Rosenschön derramou café em seu vestido e Prosper Alpanus assegurou-a de sua amizade.

O professor Mosch Terpin estava mergulhado em plena felicidade.

— Nada de mais afortunado — dizia ele a si mesmo — nada de mais afortunado poderia ter-me sucedido do que o eminente Conselheiro Especial do Governo ter vindo à minha casa como estudante! Ele se casará com minha filha... tornar-se-á meu genro, por meio dele eu conquistarei as boas graças do magnífico príncipe Barsanuph e sigo atrás pela escada que o meu primoroso Cinabriozinho está escalando. É verdade que a mim mesmo parece muitas vezes incompreensível que a menina, a Cândida, possa estar assim tão perdidamente apaixonada pelo pequeno. De resto, a moça dá muito mais importância a uma bela aparência do que a dotes intelectuais incomuns... e quando às vezes observo o conselheirozinho, parece-me que não se poderia chamá-lo exatamente de bem-apessoado... mas antes, corcun... quieto... chhh... chh... as paredes têm ouvidos... Ele é o favorito do príncipe, irá ascender sempre mais... sempre mais alto, e vai ser meu genro!

Mosch Terpin tinha razão, Cândida demonstrava a mais decidida inclinação pelo pequeno e, se ocasionalmente alguém que não fora afetado pelo estranho encantamento dava a entender que o Conselheiro Especial na verdade era uma coisa disforme e detestável, ela retrucava de imediato referindo-se aos lindos cabelos de que a Natureza o dotara.

Quando Cândida assim falava, ninguém sorria mais maliciosamente do que o referendário Pulcher.

Pulcher seguia Cinábrio como se fosse sua própria sombra, no que era secundado pelo Secretário Particular Adrian, justamente aquele mesmo jovem que o feitiço de Cinábrio quase expulsara do gabinete do ministro e que tinha reconquistado a benevolência do príncipe apenas por meio do excelente tira-manchas que lhe trouxera.

O Conselheiro Especial Cinábrio habitava uma bela mansão com um jardim ainda mais belo, em cujo centro havia um recanto cercado de espesso arvoredo, no qual floresciam as rosas mais deslumbrantes. Tinha-se observado que, sempre a cada nono dia, Cinábrio se levantava silenciosamente ao nascer do sol, vestia-se sem qualquer auxílio do criado, não importando quão penoso isso lhe devia ser, descia ao jardim e desaparecia em meio ao arvoredo que circundava aquele recanto.

Pulcher e Adrian, suspeitando de algum segredo, aventuraram-se a escalar o muro do jardim e ocultar-se entre as moitas, na noite em que, conforme lhes informou o valete de quarto, completavam-se nove dias desde que Cinábrio visitara aquele lugar.

Mal rompera o dia, eles viram o pequeno aproximar-se, fungando e espirrando já que, ao atravessar um canteiro de flores, as hastes e os ramos cobertos de orvalho fustigavam-lhe o nariz.

Quando ele chegou ao gramado junto às rosas, uma brisa soava docemente por entre os arbustos e o perfume de rosas tornava-se cada vez mais pronunciado. Uma formosa mulher coberta por um véu, com asas aos ombros, desceu suavemente dos ares, sentou-se sobre a delicada cadeira que se encontrava em meio às roseiras e, dizendo baixinho as palavras: "Venha, minha querida criança", tomou o pequeno Cinábrio e, com um pente de ouro, começou a pentear seus longos cabelos que resvalavam em cachos pelas costas. Isto parecia fazer muito bem ao pequeno, pois ele piscava os olhinhos e esticava ao máximo as perninhas, e rosnava e ronronava quase como um gato. Isto durou bem uns cinco minutos, e então a dama encantada passou o dedo mais uma vez ao longo da risca que separava os cabelos do pequeno, e Pulcher e Adrian puderam perceber, na cabeça de Cinábrio, uma estreita raia brilhante cor de fogo. Disse então a mulher:

— Adeus, minha doce criança! Seja sensato, seja o mais sensato que puder!

O pequeno respondeu:

— *Adieu*, mãezinha, eu já sou sensato o suficiente, não é preciso que você me repita isso tantas vezes.

Lentamente, a mulher elevou-se e desapareceu nos ares.

Pulcher e Adrian estavam petrificados de assombro. Mas quando Cinábrio quis então afastar-se, o referendário saltou à frente e gritou:

— Bom dia, senhor Conselheiro Especial! Oh, como o senhor foi bem penteado!

Cinábrio lançou os olhos ao redor e, ao divisar o referendário, tentou sair dali correndo. Porém, inseguro e desajeitado sobre suas perninhas, ele tropeçou, caindo por entre a relva alta que o encobriu com suas hastes, e lá ficou mergulhado em um banho de orvalho. Pulcher saltou para junto dele e ajudou-o a erguer-se sobre as pernas, mas Cinábrio rosnou-lhe:

— Como o senhor entra assim em meu jardim? Vá pro diabo que o carregue! — e com isso saiu correndo e saltitando para dentro da casa, tão rápido quanto era capaz.

Pulcher escreveu a Balthasar acerca deste extraordinário incidente, prometendo-lhe redobrar sua vigilância sobre o monstrengo enfeitiçado. Cinábrio parecia inconsolável com o que lhe acontecera. Fez-se conduzir ao leito, e tanto gemia e suspirava que a notícia de seu súbito adoecimento logo chegou até o ministro Mondschein e o príncipe Barsanuph.

O príncipe Barsanuph enviou imediatamente o médico da Corte para atender seu pequeno favorito.

— Meu excelentíssimo Conselheiro Especial — disse o médico da Corte depois de ter-lhe tomado o pulso —, o senhor está se sacrificando pelo Estado. O trabalho fatigante levou-o ao leito de enfermo e a reflexão ininterrupta é a causa do indizível sofrimento que deve estar sentindo. Seu semblante está muito pálido e abatido, ao passo que sua digna cabeça ferve terrivelmente!... Ai, ai!... Será uma inflamação cerebral? Teria o bem do Estado ocasionado uma tal coisa? Pouco provável... Com sua permissão...

O médico da Corte provavelmente notara na cabeça de Cinábrio o mesmo risco vermelho que Pulcher e Adrian já haviam descoberto. Depois de ter ensaiado à distância alguns passes magnéticos e também bafejado o doente por diversas vezes — ao que este lançou uma série de notáveis trilos e miados — fez então menção de passar a mão pela sua cabeça, tocando-a repentinamente. No mesmo instante Cinábrio ergueu-se de um salto e, espumando de raiva, com sua mãozinha ossuda esbofeteou o médico — que se encontrava totalmente curvado sobre ele — com tanta força que o som retumbou por todo o quarto.

— O que o senhor quer — gritou Cinábrio —, o que o senhor quer de mim, o que tanto escarafuncha na minha cabeça? Não estou nem um pouco doente, estou sadio, totalmente sadio, vou levantar-me imediatamente e encontrar o ministro na conferência. Ponha-se daqui para fora!

Completamente aturdido, o médico apressou-se a sair.

SEXTO CAPÍTULO

Quando, porém, relatou o ocorrido ao príncipe Barsanuph, este exclamou embevecido:

— Que devoção ao bem do Estado!... Quanta dignidade, quanta nobreza de conduta!... Que homem, esse Cinábrio!

— Meu prezado Conselheiro Especial — disse o ministro Prätextatus von Mondschein ao pequeno Cinábrio — que ótimo que tenha vindo à conferência, apesar de sua doença. A propósito daquele importante assunto relativo à corte de Kakatuk, eu redigi — redigi *eu mesmo* — um memorando, e peço que o *senhor* o exponha ao príncipe, pois a sua talentosa leitura dará realce ao todo, de modo que assim o príncipe certamente reconhecerá a minha autoria.

Mas o memorando com o qual Prätextatus pretendia distinguir-se não fora composto por ninguém senão o próprio Adrian.

O ministro dirigiu-se juntamente com o pequeno ao encontro do príncipe. Cinábrio retirou do bolso o memorando que lhe fora dado pelo ministro, e começou a ler. Como, entretanto, sua leitura absolutamente não ia para a frente e ele não fazia mais do que grunhir e rosnar coisas ininteligíveis, o ministro tirou-lhe o documento das mãos e passou a ler pessoalmente.

O príncipe parecia totalmente arrebatado e expressava repetidas vezes sua aprovação, exclamando:

— Ótimo... Bem formulado... Soberbo... Exato!

Tão logo o ministro terminou, o príncipe lançou-se diretamente ao pequeno Cinábrio, ergueu-o no ar, apertou-o contra o peito — precisamente no lugar onde ele (o príncipe) portava a grande estrela do Tigre Mosqueado de Verde — balbuciando e soluçando enquanto copiosas lágrimas lhe corriam dos olhos:

— Não!... que homem... que talento!... que zelo... que dedicação... é demais... demais! — A seguir, mais contido: — Cinábrio!... Promovo-o aqui ao cargo de meu ministro!...

Permaneça devotado e leal à pátria, permaneça um valoroso servidor dos Barsanuph, que o honram e muito o estimam.

Então, voltando-se para o ministro com um olhar de enfado:

— Tenho notado, caro Barão von Mondschein, que já há algum tempo suas forças vêm se debilitando. Um repouso em suas propriedades lhe será salutar!... Passe bem!

O ministro von Mondschein retirou-se, resmungando entre os dentes palavras incompreensíveis e lançando olhares fulminantes para Cinábrio, o qual, como de costume, com seu bastãozinho apoiado nas costas e erguendo-se bem alto sobre a ponta dos pés, olhava com soberba e insolência ao seu redor.

— Tenho — disse então o príncipe —, tenho que conferir-lhe, meu querido Cinábrio, uma distinção que esteja à altura do seu grande mérito; receba portanto das minhas mãos a Ordem do Tigre Mosqueado de Verde!

O príncipe quis então cingi-lo com o cordão da insígnia, que lhe fora trazida às pressas pelo seu valete; mas o corpo deformado de Cinábrio impedia completamente que a condecoração adotasse a posição regulamentar, ora içando-se indecorosamente para cima, ora pendendo em desmazelo para baixo.

O príncipe era muito escrupuloso em assuntos que, como este, diziam respeito diretamente ao bem do Estado. Entre o osso ilíaco e o cóccix, três dezesseis avos de polegada a contar de baixo para cima e em posição oblíqua — neste exato lugar tinha de pender a insígnia do Tigre Mosqueado de Verde, presa ao seu cordão. Impossível conseguir tal coisa. O valete de quarto, três pajens e o príncipe puseram mão à obra, mas todo o esforço foi vão. O traiçoeiro cordão resvalava de um lado para outro, e Cinábrio começou a reclamar agastado:

SEXTO CAPÍTULO

— Mas por que toda essa horrível apalpação em meu corpo? Deixem essa coisa estúpida ficar pendurada como bem entender. O que importa é que agora eu sou ministro, e ministro vou continuar sendo!

— Para que — disse nesse momento o príncipe irado — para que, afinal, tenho eu conselheiros em assuntos de condecorações se no tocante aos cordões existem regulamentos tão absurdos e totalmente contrários à minha vontade? Paciência, meu querido ministro Cinábrio, em breve tudo isso será modificado!

Por determinação do príncipe, foi convocado a se reunir o Conselho da Ordem, ao qual ainda se acrescentaram dois filósofos assim como um naturalista[1] que, de regresso do Polo Norte, ali estava justamente de passagem. Eles receberam a incumbência de deliberar sobre a maneira mais adequada de acomodar o cordão do Tigre Mosqueado de Verde no ministro Cinábrio. A fim de acumular as forças necessárias para esta importante deliberação, determinou-se a todos os seus membros, sem exceção, que se abstivessem de pensar nos oito dias precedentes; mas, para melhor fazê-lo, permanecendo contudo ativos no serviço do Estado, foram incumbidos de se ocuparem enquanto isso da contabilidade. As ruas ao redor do palácio em que os conselheiros da Ordem, os filósofos e o naturalista deveriam realizar sua reunião foram recobertas de uma espessa camada de palha para que o estrépito das carruagens não perturbasse os homens sábios, e, pela mesma razão, também não era permitido rufar tambores, tocar música e, nem mesmo, falar em voz alta nas imediações do palácio. No palácio propriamente dito, todos andavam pé ante pé metidos em grossos sapatos de feltro, e a comunicação era feita por sinais.

---

[1] Hoffmann está se referindo a Adalbert von Chamisso que, em agosto de 1818, acabava de voltar de sua viagem ao Polo Norte

As sessões duraram sete dias consecutivos, das primeiras horas da manhã ao cair da noite, e ainda não se estava sequer próximo de uma solução.

Muito impaciente, o príncipe mandava uma mensagem atrás da outra, exigindo em nome do diabo que lhes ocorresse finalmente uma ideia inteligente. Isso, porém, não ajudou absolutamente nada.

O naturalista havia examinado, tanto quanto possível, a natureza de Cinábrio, medido a altura e largura de sua excrescência dorsal e encaminhado ao Conselho da Ordem os mais minuciosos cálculos a respeito. Foi dele, inclusive, que partiu finalmente a sugestão de chamar o costureiro do teatro para que integrasse a comissão.

Por mais estranha que possa ter parecido essa sugestão, o momento de angústia e necessidade pelo qual todos passavam fez com que ela fosse aceita por unanimidade.

O costureiro do teatro, senhor Kees, era um homem extremamente hábil e engenhoso. Assim que tomou conhecimento deste difícil caso, assim que examinou os cálculos do naturalista, já tinha à mão o meio mais espetacular para fazer com que a insígnia ocupasse sua posição regulamentar.

Para isso, deveriam ser pregados no peito e nas costas um certo número de botões, nos quais o cordão da ordem seria abotoado. A tentativa resultou em completo sucesso.

O príncipe ficou encantado e aprovou a sugestão, feita pelo Conselho da Ordem, de subdividir doravante a ordem do Tigre Mosqueado de Verde em diversas classes, segundo o número de botões com o qual era concedida. Por exemplo, ordem do Tigre Mosqueado de Verde com Dois Botões, com Três Botões etc. O ministro Cinábrio obteve, como uma distinção muito especial à qual mais ninguém poderia almejar, a ordem com vinte botões de brilhantes, pois a estranha forma de seu corpo exigia justamente vinte botões.

O costureiro Kees recebeu a ordem do Tigre Mosqueado de Verde com dois botões dourados e, uma vez que o

SEXTO CAPÍTULO

príncipe, a despeito de sua feliz ideia, considerava-o um mau costureiro e não queria ser vestido por ele, foi nomeado o Efetivo Grão-Costureiro Particular do príncipe...

Da janela de sua casa de campo, o doutor Prosper Alpanus fitava pensativo o jardim. Durante toda a noite ele se ocupara em fazer o horóscopo de Balthasar, e havia descoberto assim muitas coisas relacionadas ao pequeno Cinábrio. Parecia-lhe, entretanto, que o mais importante era aquilo que acontecera ao pequeno no jardim enquanto Adrian e Pulcher o espreitavam. Prosper Alpanus estava prestes a ordenar a seus unicórnios que conduzissem a concha para diante da casa para levá-lo a Hoch-Jakobsheim quando uma carruagem aproximou-se ruidosamente e parou em frente ao portão do parque. Anunciou-se que a reclusa von Rosenschön desejava ser recebida pelo senhor doutor.

— Seja bem-vinda — disse Prosper Alpanus, e a dama entrou. Ela usava um longo vestido negro e estava envolta em um véu como uma matrona. Prosper Alpanus, tomado de um estranho pressentimento, tomou a sua bengala e dirigiu para a dama os raios fulgurantes de seu castão. Foi então como se relâmpagos tremulassem crepitantes ao redor dela e lá estava ela em uma vestimenta branca e transparente, com cintilantes asas de libélula aos ombros e rosas brancas e vermelhas entrelaçadas no cabelo.

— Ai, ai — sussurrou Prosper, pôs a bengala debaixo de seu roupão, e imediatamente a dama voltou a estar vestida como antes.

Prosper Alpanus convidou-a gentilmente a sentar-se. A senhorita von Rosenschön contou então como há muito tempo tinha a intenção de visitar o senhor doutor em sua casa de campo a fim de estabelecer amizade com um homem célebre em toda a região como um sábio dotado de grandes qualidades e uma pessoa benevolente. Com certeza, disse, ele não lhe negaria o pedido de tomar sob seus cuidados médicos o estabelecimento de reclusão para moças nobres que ficava nas redondezas, já que as damas idosas ali residentes frequentemente eram acometidas de alguma doença e ficavam sem ajuda. Prosper Alpanus respondeu-lhe com amabilidade que já abandonara há muito o exercício da atividade mas, a título de exceção, estava disposto a visitar as damas do cabido sempre que fosse necessário, e perguntou-lhe a seguir se ela própria, a senhorita von Rosenschön, não estaria talvez sofrendo de algum mal. A senhorita assegurou-lhe que apenas sentia vez por outra uma dor reumática nos membros quando o ar matinal a deixava resfriada, mas que agora se encontrava em perfeitas condições de saúde; e começou a falar sobre algum assunto sem maior importância. Prosper perguntou-lhe se ela não aceitaria talvez uma xícara de café, já que ainda estavam nas primeiras horas da manhã; a senhorita Rosenschön era de opinião que as damas de um cabido nunca recusam um tal convite. O café foi trazido, mas embora Prosper fizesse os maiores esforços para encher as xícaras, estas permaneciam vazias, apesar do café fluir abundantemente do bule.

— Ai, ai... — sorriu Prosper Alpanus — este é um café malévolo!... Queira, por favor, cara senhorita, servir-se a si mesma de café.

— Com prazer — retrucou a senhorita, e tomou o bule nas mãos. Desta feita, entretanto, apesar de não brotar uma gota sequer do bule, a xícara foi ficando mais e mais cheia e o café transbordou sobre a mesa e o vestido da senhorita. Ela pousou rapidamente o bule sobre a mesa e, de imediato, o café desapareceu sem deixar vestígios. Ambos, Prosper Alpanus e a senhorita, trocaram olhares singulares por algum tempo, sem dizer palavra.

— O senhor — começou então a dama —, o senhor, meu prezado doutor, certamente estava ocupado com um livro muito interessante quando eu entrei.

— De fato — retorquiu o doutor —, estão contidas neste livro coisas realmente notáveis.

Com isso ele fez menção de abrir o pequeno livro encadernado em ouro que se encontrava à sua frente sobre a mesa. Isso, entretanto, constituiu um esforço totalmente inútil pois, com um sonoro clique-claque, o livro sempre voltava a fechar-se com violência.

— Ai, ai — disse Prosper Alpanus —, minha prezada senhorita, por que não tenta a sua sorte com esta coisa obstinada?

Ele passou o livro para a dama e, mal esta o tinha tocado, ele já se abriu sozinho. Mas todas as páginas começaram a soltar-se e a estender-se até se tornarem folhas gigantescas, espalhando-se pelo aposento com um farfalhar.

Assustada, a senhorita recuou bruscamente. O doutor então fechou o livro à força e todas as folhas desapareceram.

— Mas — disse então Prosper Alpanus com um leve sorriso, enquanto se levantava de seu assento —, mas, minha cara senhorita, porque estamos aqui perdendo nosso tempo com estes insignificantes jogos de prestidigitação — pois o que fizemos até o momento nada mais foi do que truquezinhos banais — por que não passamos a coisas mais elevadas?

— Tenho que ir-me! — exclamou a senhorita, e ergueu-se de seu assento.

— Ah — disse Prosper Alpanus —, temo que isso não seja realmente exequível sem o meu consentimento; pois, minha prezadíssima, devo torná-la ciente de que a senhorita agora se encontra plenamente sob meu poder.

— Sob seu poder — exclamou a senhorita enfurecida — sob seu poder, senhor doutor?... Que tola pretensão!

E com isso, seu vestido de seda desdobrou-se em um amplo manto escuro e ela adejou como a mais formosa borboleta antiopa[2] até o teto da sala. Mas imediatamente Pros-

---

[2] *Antiopa vanessa*, cujas asas são marrom-escuras, com bordas amarelas.

per Alpanus já a seguia, rugindo e bramindo sob a forma de um enorme cervo voador.[3] Muito extenuada e voando com dificuldade, a borboleta desceu ao solo e, como um pequenino camundongo, correu pelo chão de um lado para outro. Mas o cervo voador saltou miando e fungando em seu encalço como gato cinzento. O pequeno camundongo flutuou novamente como reluzente beija-flor e, nesse momento, toda sorte de estranhas vozes se ergueram ao redor da casa de campo e prodigiosos insetos de mil variedades aproximaram-se zunindo, seguidos de estranhas aves da floresta, e uma rede de ouro estendeu-se cobrindo as janelas. De repente, lá estava de pé no centro da sala a fada Rosabelverde, em toda sua pompa e majestade, radiante em sua esplêndida vestimenta branca enlaçada por um reluzente cinto de diamantes e trazendo rosas brancas e vermelhas entrelaçadas em seus cachos escuros. Diante dela, o mago, em um talar bordado a ouro, uma coroa cintilante na cabeça e, na mão, o cetro com sua pedra flamejante.

Rosabelverde adiantou-se em direção ao mago e, nesse momento, um pente de ouro caiu de seus cabelos e quebrou-se, como se fosse de vidro, sobre o chão de mármore.

— Ai de mim!... Ai de mim! — lamentou-se a fada.

De súbito a reclusa von Rosenschön, novamente em seu longo vestido negro, estava sentada junto à mesa do café e, à sua frente, o doutor Prosper Alpanus.

— Eu suponho — disse Prosper Alpanus muito calmamente enquanto despejava nas xícaras chinesas, sem mais contratempos, um fumegante café de Moca dos mais esplêndidos —, eu suponho, minha cara e digníssima senhorita, que agora nós já sabemos bastante bem o que esperar um do outro... Sinto profundamente que o seu belo pente se tenha quebrado sobre o meu chão duro.

---

[3] Um besouro, cf. nota 3.

— Só o meu descuido — revidou a senhorita, sorvendo com prazer o café — é responsável por isso. Deve-se ter cautela para não deixar cair nada *neste* chão, pois, caso não esteja enganada, estas pedras estão inscritas com os mais fabulosos hieróglifos, que muitos poderiam tomar por simples veios do mármore.

— Talismãs gastos, minha cara — disse Prosper —, talismãs gastos é o que são estas pedras, nada mais.

— Mas caro doutor — exclamou a senhorita —, como é possível que desde os tempos mais remotos até agora nós não nos tenhamos conhecido, que nossos caminhos não se tenham cruzado uma vez sequer?

— A diversidade de formação, cara dama — retrucou Prosper Alpanus —, a diversidade de formação foi a única responsável por isso! Enquanto a senhorita podia, como a mais promissora donzela do Djinistão, abandonar-se plenamente à sua rica natureza e seu venturoso gênio, eu era um estudante tristonho, trancafiado nas pirâmides, e assistia as aulas do professor Zoroastro, um velho resmungão que, no entanto, sabia uma infinidade de coisas. Sob o regime do digno príncipe Demetrius, estabeleci minha residência neste pequenino e adorável reino.

— Como? — falou a senhorita, — E o senhor não foi exilado quando o príncipe Paphnutius introduziu o Iluminismo?

— De modo algum — respondeu Prosper —, ao invés disso, foi-me possível ocultar inteiramente minha própria personalidade, esforçando-me por demonstrar, em assuntos referentes ao Iluminismo, conhecimentos muito especiais, expostos em todo tipo de escritos que eu distribuía. Demonstrei que, sem a vontade do príncipe, jamais poderia haver trovões e relâmpagos, e que devemos o bom tempo e a farta colheita única e exclusivamente aos seus esforços e aos de seus nobres, os quais deliberam muito sabiamente sobre o assunto em aposentos reservados enquanto, do lado de fora, o povo comum está lavrando e semeando o campo. O príncipe Paphnutius elevou-me naquela época a Presidente-Mor do Iluminismo, cargo esse do qual, juntamente com meu disfarce, eu me desfiz como de um incômodo fardo tão logo a tempestade havia amainado. Em surdina, porém, tornei-me tão útil quanto me era possível. Isto é, útil no sentido que *nós*, eu e a senhorita, minha cara, damos a esta palavra... Porventura a prezada senhorita sabe que fui *eu* quem a advertiu sobre a invasão realizada pela polícia do Iluminismo? Que é a *mim* que a senhorita deve o fato de ainda possuir os graciosos truquezinhos que me exibiu agora há pouco? Oh, meu Deus! Querida dama, olhe só por esta janela! Será possível que não mais reconheça este parque no qual tantas vezes vagou, conversando com os amáveis espíritos que residem nos arbustos, nas flores, nas fontes? Este parque, eu salvei por intermédio da minha ciência. Ele ainda está tal qual nos tempos do velho Demetrius. O príncipe Barsanuph não se importa muito — que os céus sejam louvados — com a magia, ele é um senhor afável e permite que todos ajam à vontade e façam suas mágicas tanto quanto quiserem, desde que sejam discretos e paguem rigorosamente seus impostos. Assim sendo, eu aqui vivo feliz e livre de preocupações, da mesma forma como a senhorita, minha querida dama, em seu claustro!

— Doutor — exclamou a senhorita, enquanto as lágrimas lhe brotavam sobejas dos olhos — doutor, o que está dizendo? Que esclarecimentos! Sim, eu reconheço este bosque, no qual gozei das mais sublimes alegrias!... Doutor... homem de grande nobreza, ao qual devo tanto!... E como pode, logo o senhor, perseguir tão duramente meu pequeno protegido?

A senhorita — respondeu o doutor —, a senhorita, minha cara, levada pela bondade natural de seu coração, desperdiçou seus dotes com alguém indigno. Cinábrio é e continuará sendo, apesar de seu benevolente auxílio, um pequeno e deformado mandrião, o qual, agora que o pente de ouro se quebrou, está inteiramente em minhas mãos.

— Tenha piedade, oh, doutor! — suplicou a senhorita.

— Então tenha simplesmente a bondade de olhar para isto — disse Prosper, apresentando-lhe o horóscopo de Balthasar que preparara.

A senhorita mirou-o e exclamou a seguir cheia de dor:

— Claro, se assim está determinado, serei mesmo forçada a ceder à força superior... Pobre Cinábrio!

— Reconheça, cara senhorita — disse sorrindo o doutor — reconheça que as damas frequentemente se comprazem com as coisas mais estranhas e perseveram sem descanso e sem maiores considerações em caprichos surgidos ao sabor do momento, não atentando para as consequências dolorosas de sua intervenção em assuntos alheios!... Cinábrio forçosamente terá que submeter-se ao seu destino, mas *depois* ainda irá alcançar honras imerecidas. Com isto eu presto homenagem a seu poder, sua bondade, sua virtude, minha prezada e digna senhorita!

— Magnífico e grandioso homem — exclamou a senhorita —, continue como meu amigo!

— Para sempre — retrucou o doutor. A amizade e profunda simpatia que lhe dedico, graciosa fada, nunca chegará a um fim. Dirija-se a mim sem temor em todas as circunstâncias críticas da vida e... oh, venha tomar café comigo todas as vezes em que a ideia lhe ocorrer.

— Adeus, meu digníssimo mago, nunca esquecerei sua benevolência, nem este café!

Assim disse a senhorita e, presa de profunda emoção, levantou-se para partir.

Prosper Alpanus acompanhou-a até o portão do jardim enquanto todas as maravilhosas vozes da floresta soavam da maneira mais adorável.

Ao invés da carruagem da senhorita, encontrava-se diante do portão a concha de cristal do doutor, à qual estavam atrelados os unicórnios, tendo atrás o escaravelho dourado que abria suas asas brilhantes. Na boleia estava sentado o faisão prateado que, segurando no bico os arreios, olhava para a senhorita com olhos inteligentes.

A dama sentiu-se transportada para a época mais bem-aventurada do seu mais esplendoroso período vivido como fada, enquanto o carro seguia fragoroso pela perfumada floresta, aos acordes de uma música deslumbrante.

SÉTIMO CAPÍTULO

Como o professor Mosch Terpin investigava a natureza na adega do principado — Mycetes Belzebub — Desespero do estudante Balthasar — Influência proveitosa de uma bem instalada casa de campo sobre a felicidade doméstica — Como Prosper Alpanus entregou a Balthasar uma caixinha em forma de tartaruga e afastou-se em sua montaria.

Balthasar, que continuava escondido na aldeia de Hoch-Jakobsheim, recebeu de Kerepes uma carta enviada pelo referendário Pulcher, com o seguinte conteúdo: "Os assuntos de nosso interesse, caro amigo Balthasar, vão de mal a pior. Nosso inimigo, o detestável Cinábrio, tornou-se ministro das Relações Exteriores e recebeu a grande insígnia do Tigre Mosqueado de Verde com Vinte Botões. Ele alçou-se à posição de favorito do príncipe e consegue fazer prevalecer sua vontade em tudo. O professor Mosch Terpin está radiante e pavoneia-se inflado de um tolo orgulho. Por intermédio de seu futuro genro ele obteve o posto de Diretor Geral de Todos os Assuntos Naturais do Estado, um cargo que lhe rende muito dinheiro e um grande número de outras vantagens. Na qualidade de Diretor Geral, faz o censo e a revisão dos eclipses do Sol e da Lua, bem como as previsões do tempo nos calendários oficiais do reino, e, em particular, dedica-se à investigação da Natureza tanto na capital como em suas cercanias. Em função dessa atividade, recebe das matas do principado as mais raras aves, os mais inusitados animais, os quais, precisamente com o objetivo de pesquisar sua natureza, manda assar e devora. Além disso, ele agora está escrevendo (pelo menos assim o afirma) um tratado sobre por que o vinho tem um sabor diverso do da água e produz ainda outros efeitos, livro esse que ele pretende dedicar a seu genro. Cinábrio obteve para Mosch Terpin, em razão de seu tratado, uma permissão para estudar todos os dias na adega do príncipe. Ele já estudou goela abaixo meia pipa[1] de vinho velho do Reno, bem como várias dúzias de garrafas de champanhe, e agora chegou a vez de um barril de vinho do Alicante. O adegueiro-mor está arrancando os cabelos! O professor — que é, como você sabe, o maior comilão da face da Terra — está, assim, com a faca e o queijo na mão, e levaria a vida mais cômoda do mundo se não fosse frequentemente obrigado, quando o granizo devasta as plantações, a ir de súbito ao campo para explicar aos arrendatários do príncipe por que caiu o granizo, de modo que os pobres diabos adquiram um pouco de ciência e possam no futuro precaver-se contra esses inconvenientes, e não tenham sempre o direito de pedir a remissão do pagamento da renda devida, em função de uma circunstância da qual apenas eles mesmos são culpados.

"O ministro continua ressentido com a surra que você lhe aplicou. Ele jurou vingança. Você não poderá mais dar as caras em Kerepes. Eu também estou sendo muito perseguido por ele, desde que espionei seu misterioso hábito de fazer-se pentear por uma dama alada. Enquanto Cinábrio for o favorito do príncipe, com certeza não poderei aspirar a nenhum posto respeitável. Minha má estrela sempre faz com que eu me depare com o aleijão nos momentos mais inesperados e em circunstâncias que para mim são fatais. Recentemente o ministro visitou o Gabinete de Zoologia com toda a pompa — espada, estrela e cordão da ordem — e postou-se, como de costume, apoiado em seu bastão e balançando-se na ponta dos pés, em frente ao armário envidraçado onde estão expostos os mais raros macacos ame-

---

[1] "Oxhoft" é uma antiga medida para líquidos, correspondendo a cento e setenta garrafas.

SÉTIMO CAPÍTULO

ricanos. Estrangeiros que visitavam o museu aproximam-se e, ao avistar a pequena mandrágora, um deles exclama em altos brados: 'Ah!... mas que macaco deslumbrante!... que animal gracioso!... é a joia deste museu!... Ah, como se chama o belo macaquinho? Veio de que país?

"O intendente do Gabinete diz então muito seriamente, enquanto põe a mão no ombro de Cinábrio: 'De fato, um belíssimo exemplar, um magnífico brasileiro, o assim chamado *Mycetes Belzebub*...[2] *Simia Belzebub Linnei... niger, barbatus, podiis caudaque apice brunneis*... Símio urrador...

"'Meu senhor', disse Cinábrio furioso ao intendente, 'meu senhor, eu quero crer que o senhor é louco ou está possuído pelo demônio, eu não sou nenhum *Belzebub caudaque*, nenhum símio urrador, eu sou Cinábrio, o ministro Cinábrio, cavaleiro do Tigre Mosqueado de Verde com Vinte Botões!' Não longe dali, ponho-me a rir a bandeiras despregadas e, ainda que tivesse que pagar por isso no mesmo instante com minha própria vida, eu não seria capaz de conter o riso.

"'Com que então o senhor também está aí, senhor referendário?', grasnou ele em minha direção, enquanto brasas rubras faiscavam em seus olhos de bruxo.

"Só Deus sabe por que os estrangeiros teimavam em considerá-lo o mais raro e formoso macaco que jamais tinham visto, e tentavam alimentá-lo com grandes avelãs que retiravam do bolso. Cinábrio foi então tomado de tal fúria que o ar chegou a lhe faltar e as perninhas lhe recusaram seus serviços. O valete de quarto, que fora chamado,

---

[2] No período em que redigia o presente conto, Hoffmann dirigiu-se, em carta de 6 de novembro de 1818, a Chamisso pedindo-lhe que indicasse o nome científico de um macaco especialmente feio. Chamisso deve ter atendido prontamente, mas Hoffmann – com propósitos satíricos – alterou um pouco o nome do macaco, substituindo *pedibus* (pés) – conforme nomenclatura de Lineu – por *podiis* (traseiro), de modo que, no conto, a descrição do animal é: "símio preto, barbudo, marrom-avermelhado na ponta do traseiro e da cauda".

viu-se obrigado a tomá-lo nos braços e carregá-lo escada abaixo para dentro da carruagem.

"Não consigo explicar nem a mim mesmo por que este incidente me traz um clarão de esperança. É a primeira ocasião em que aquele monstrengo enfeitiçado fica em posição de desvantagem.

"Ao menos uma coisa é certa – há pouco tempo Cinábrio retornou muito consternado do jardim, nas primeiras horas da manhã. Sem dúvida a dama alada não compareceu, pois acabaram-se os belos cachos. Segundo contam, seu cabelo cai-lhe desgrenhado pelas costas e o príncipe Barsanuph ter-lhe-ia dito: 'Não negligencie tanto sua toalete, caro ministro, vou enviar-lhe meu cabeleireiro!', ao que Cinábrio expressou muito polidamente que mandaria atirar o sujeito pela janela assim que chegasse. 'Grande alma! Ninguém lhe chega perto', disse então o príncipe banhado em lágrimas!

"Adeus, meu querido Balthasar! Não abandone de todo as esperanças, e esconda-se bem para que não o agarrem!"

Mergulhado em profundo desespero pelo que lhe escrevera o amigo, Balthasar correu para o interior da floresta e prorrompeu em altas lamentações:

Como pode – exclamou –, como pode dizer-me para ter esperança quando toda a esperança desapareceu, quando todas as estrelas se foram e a sombria, sinistra noite envolve meu desconsolado ser?... Desditosa fatalidade!... Estou sucumbindo ao poder tenebroso que ruinosamente surgiu em minha vida!... Foi loucura ter esperado a salvação das mãos de Prosper Alpanus, deste mesmo Prosper Alpanus que me seduziu com artes diabólicas e expulsou-me de Kerepes ao fazer com que as pancadas que tive de aplicar à imagem no espelho chovessem de fato sobre o dorso de Cinábrio!... Ah, Cândida!... Se eu ao menos conseguisse esquecer essa criança celestial!... Mas a chama do amor arde mais possante e vigorosa do que nunca em meu

SÉTIMO CAPÍTULO

peito!... Por toda parte vejo a graciosa figura da amada estendendo saudosa e com doce sorriso os braços em minha direção!... Eu sei muito bem!... Você me ama, doce e adorável Cândida, e essa dor que me desespera e mortifica vem justamente de eu não conseguir salvá-la do funesto encantamento que a mantém prisioneira!... Pérfido Prosper! Que lhe fiz para que me ridicularizasse com tanta crueldade?

As sombras mais escuras do crepúsculo haviam caído, todas as cores do bosque desvaneciam-se em um cinza opaco. Nesse momento, foi como se um fulgor peculiar, tal qual um ocaso flamejante, lançasse seus raios luminosos por entre as árvores e as moitas, e milhares de minúsculos insetos alçaram-se aos ares com o ruidoso zumbido de suas asas. Resplandecentes escaravelhos dourados agitavam-se de um lado para outro e, entre eles, esvoaçavam borboletas sarapintadas, espargindo ao seu redor o pólen perfumado. Os murmúrios e zumbidos foram convertendo-se em uma música suave que, em doces sussurros, aconchegou-se ao peito dilacerado de Balthasar. O clarão fulgurava acima de sua cabeça, em raios cintilantes cada vez mais fortes. Erguendo os olhos, ele percebeu surpreso que Prosper Alpanus vinha flutuando em sua direção, montado em um inseto fabuloso semelhante a uma faustosa libélula com as mais magníficas cores.

Prosper Alpanus mergulhou para junto do rapaz e tomou lugar a seu lado, enquanto a libélula voava para um arbusto e juntou sua voz ao coro que ressoava por toda a floresta.

Ele tocou a testa do jovem com as flores portentosamente luzidias que trazia na mão, com o que uma renovada vontade de viver imediatamente acendeu-se na alma de Balthasar.

— Você — disse então Prosper Alpanus com voz terna —, você está sendo muito injusto comigo, meu estimado

Balthasar, acusando-me de cruel e pérfido no momento mesmo em que me assenhoreei com êxito do encantamento que transtorna sua vida, no momento em que, apenas para encontrá-lo mais rapidamente, para confortá-lo, montei meu colorido ginetezinho de estimação e para cá cavalguei, munido de tudo que pode servir à sua felicidade. Mas nada é mais amargo do que o sofrimento de amor, nada se compara à impaciência de uma alma desesperada de amor e saudade... Eu o perdoo porque não agi de outra forma quando, há aproximadamente dois mil anos, amava uma princesa indiana chamada Balsamine e, em meu desespero, arranquei a barba do feiticeiro Lothos, que era meu melhor amigo. Por esse motivo, como você pode ver, eu mesmo não uso barba, pois algo de semelhante poderia acontecer-me. Mas não caberia agora contar-lhe prolixamente toda essa história, já que todo apaixonado só gosta de ouvir falar do seu *próprio* amor, o qual julga ser o único de que vale a pena falar, assim como todo poeta gosta apenas de escutar os *seus* versos. Portanto, vamos direto ao assunto!... Saiba que Cinábrio é o filho feio e deformado de uma pobre camponesa e chama-se, na verdade, pequeno Zacarias. Só por vaidade, adotou o soberbo nome de Cinábrio. A dama reclusa von Rosenschön ou, mais precisamente, a famosa fada Rosabelverde — pois essa dama não é ninguém menos do que a fada Rosabelverde — encontrou o pequeno monstro à beira de um caminho. Acreditando poder compensar tudo o que a Natureza madrasta negara ao pequeno, presenteou-o com um estranho e misterioso dom, segundo o qual tudo de excelente que alguém mais pensar, falar ou fizer em sua presença reverterá em *seu* crédito; mais ainda, na companhia de pessoas instruídas, inteligentes e espirituosas também ele será considerado instruído, inteligente e espirituoso, sendo de resto inevitavelmente reputado em todas as ocasiões como o mais perfeito do gênero em que estiver disputando.

SÉTIMO CAPÍTULO

Este curioso encantamento reside em três fios refulgentes, da cor do fogo, que se estendem ao longo da risca dos cabelos do pequeno. Qualquer contato com estes cabelos, bem como com a cabeça em geral, era certamente doloroso ou mesmo nocivo para o pequeno. Por isso, a fada fez com que os cabelos, por natureza ralos e desgrenhados, caíssem em cachos cheios e garbosos, protegendo assim a cabeça do pequeno ao mesmo tempo em que ocultavam aquela listra rubra e fortaleciam o encantamento. A cada nove dias a fada em pessoa penteava o pequeno com um pente mágico de ouro, e isso anulava toda e qualquer iniciativa visando a extinção do feitiço. Mas justamente esse pente foi destruído por um poderoso talismã que eu consegui empurrar para debaixo dos pés da bondosa fada, quando esta me fazia uma visita.

Agora tudo depende apenas de arrancar-lhe aqueles três fios da cor do fogo, e ele retornará à sua nulidade inicial!... A você, meu querido Balthasar, está reservado quebrar o encantamento. Você tem coragem, força e habilidade, você irá executar a tarefa do modo como deve ser feita. Tome esta pequena lente de cristal, aproxime-se do pequeno Cinábrio onde você o encontrar, dirija seu olhar atento para sua cabeça através desta lente, e os três fios vermelhos aparecerão isolados e bem visíveis sobre a cabeça do pequeno. Segure-o fortemente, não se incomode com os seus estridentes gritos de gato, arranque de uma só vez os três cabelos e queime-os imediatamente. É indispensável que os fios sejam extraídos com *um* só puxão e queimados *imediatamente*, pois, caso contrário, poderiam ainda produzir todo tipo de efeito funesto. Tome portanto um cuidado todo especial para agarrar os fios com precisão e vigor, e para atacar o pequeno somente quando houver fogo ou um lume nas proximidades.

— Oh, Prosper Alpanus — exclamou Balthasar —, como é imerecida, depois de toda minha desconfiança, essa sua bondade e generosidade... Quão fundo no coração eu sinto que meu sofrimento agora terminou e que a felicidade suprema me abre suas portas douradas!

— Eu tenho — continuou Prosper Alpanus —, eu tenho uma estima muito grande pelos jovens que, como você, meu caro Balthasar, trazem no coração imaculado a nostalgia e o amor, e em cujo peito ainda ressoam aqueles magníficos acordes que provêm do longínquo país povoado de prodígios divinos que é minha pátria. Aqueles bem-aventurados que são dotados desta música interior são os únicos que se pode denominar poetas, muito embora seja uma denominação infligida a muitos que tomam o primeiro rabecão que lhes cai nas mãos, passeiam nele a esmo com o arco e tomam o confuso ruído produzido pelo gemido das cordas sob a ação de seus punhos por excelente música nascida de seu próprio íntimo. Eu sei, meu querido Balthasar, eu sei que de tempos em tempos você tem a impressão de entender o murmúrio das fontes e o sussurro do vento nas árvores, até mesmo lhe parece ouvir o arrebol da tarde ardendo em chamas dirigir-se a você com palavras inteligíveis!... Sim, meu Balthasar, nesses momentos você realmente entende as vozes maravilhosas da Natureza, pois do seu próprio íntimo ergue-se o som divino inflamado pela portentosa harmonia da essência mais profunda da Natureza. Você toca o piano, oh poeta, e portanto saberá que, ao se tocar uma nota, ressoam a seguir as notas que lhe são afins. Esta lei da Natureza visa algo mais do que uma insossa comparação!... Sim, oh poeta, você é muito melhor do que o supõem muitos daqueles aos quais recitou suas tentativas de fixar no papel com pena e tinta a música que vai em seu íntimo. Essas tentativas não chegaram muito longe. Mas no gênero histórico, você fez um lance certeiro ao retratar, com amplitude e exatidão pragmáticas, a história do amor do rouxinol pela rosa púrpura, a qual se desenrolou debaixo dos meus olhos... Este é um belíssimo trabalho...

Prosper Alpanus deteve-se; Balthasar fitou-o muito surpreendido, os olhos arregalados, não sabendo o que dizer do fato de Prosper ter tomado por um ensaio histórico um poema que ele considerava como o mais fantasioso que jamais havia escrito.

— Você — continuou Prosper Alpanus, enquanto um sorriso benévolo radiava em seu rosto —, você deve estar admirado com as minhas palavras; aliás, muitas coisas em mim devem parecer-lhe fora do comum. Mas tenha em mente que, de acordo com o julgamento de toda a gente sensata, eu sou uma pessoa que só deveria figurar em contos de fadas, e você sabe, meu caro Balthasar, que pessoas como eu podem comportar-se de modo extravagante e dizer tolices tanto quanto queiram, especialmente quando por detrás de tudo isso se esconde algo que não é de se jogar fora... Mas prossigamos! Do mesmo modo como a fada Rosabelverde adotou tão sofregamente o disforme Cinábrio, você, caro Balthasar, será doravante meu estimado protegido. Ouça, portanto, o que tenciono fazer por você! O feiticeiro Lothos visitou-me ontem, trazendo mil lembranças, mas também mil queixas da princesa Balsamine, que acordou do seu sono e me estende seus braços saudosos ao doce som do Chartah Bhade,[3] aquele magnífico poema que foi nosso primeiro amor. Também meu velho amigo, o ministro Yuchi, acena-me com amabilidade da Estrela Polar... Tenho que partir para a remota Índia!... Minha propriedade, que deixo para trás, não desejo ver na posse de ninguém além de você. Vou amanhã para Kerepes e mandarei lavrar um termo de doação, no qual figuro como seu tio. Uma vez desfeito o encantamento de Cinábrio, se você se apresentar ao professor Mosch Terpin como possuidor de uma esplêndida propriedade rural e de uma considerável fortuna, e

---

[3] Poema a que se refere D.G.H. Schubert em seu livro *Ansichten von der Nachtseite der Naturwissenchaft*, publicado em Dresden no ano de 1808.

pedir a mão da formosa Cândida, ele certamente lhe concederá tudo com a máxima alegria. E ainda há mais! Se você mudar-se com sua Cândida para minha casa de campo, então a felicidade de sua união estará assegurada. Atrás das belas árvores cresce tudo de que a casa necessita; além dos mais esplendorosos frutos, o mais belo repolho e, em geral, hortaliças grandes e saborosas como não se encontra em toda a circunvizinhança. Sua mulher terá sempre as primeiras verduras e aspargos. A cozinha está disposta de tal maneira que as panelas nunca transbordam e nenhum prato se estraga ainda que você se atrase por uma hora inteira para a refeição. Os tapetes e as forrações das cadeiras e sofás são feitos de um material que, mesmo em caso de extrema inabilidade dos criados, torna impossível o surgimento de manchas; do mesmo modo, nenhuma porcelana e nenhum copo podem ser quebrados, ainda que a criadagem faça o maior esforço e os arremesse sobre o chão mais duro. Finalmente, cada vez que sua mulher mandar lavar as roupas, fará um tempo dos mais bonitos e agradáveis no grande gramado atrás da casa, mesmo que nos arredores haja chuva, trovões e relâmpagos. Em suma, meu caro Balthasar, tudo está arranjado para que você desfrute tranquilamente da felicidade caseira ao lado de sua encantadora Cândida!

Chegou porém a hora de retornar à minha casa e, em companhia de meu amigo Lothos, dar início aos preparativos para minha iminente viagem. Adeus, meu Balthasar!

Dizendo isso, Prosper assobiou uma, duas vezes para a libélula, que sem demora levantou voo e aproximou-se zunindo. Ele dispôs-lhe os arreios e alçou-se à sela. Mas, quando já estava se distanciando, ele deteve-se repentinamente e retornou para junto de Balthasar.

— Quase — falou — esqueci-me de seu amigo Fabian. Em um acesso de humor malicioso, eu o castiguei muito duramente pela sua petulância. Esta caixinha contém algo que irá aliviá-lo!

Prosper passou às mãos de Balthasar uma pequena caixinha em forma de tartaruga, resplandecente de polimento, que este pôs no bolso juntamente com a pequena luneta que acabara de receber de Prosper para desfazer o encanto de Cinábrio.

Prosper Alpanus afastou-se então zunindo por entre o arvoredo, enquanto as vozes da floresta soavam ainda mais fortes e melodiosas.

Balthasar retornou para Hoch-Jakobsheim com todo o júbilo, todo o entusiasmo da mais doce esperança no coração.

OITAVO CAPÍTULO

Como Fabian foi tomado por sectário e rebelde devido às longas caudas de seus casacos — Como o príncipe Barsanuph entrou atrás do para-fogo e exonerou o Diretor Geral dos Assuntos Naturais — A fuga de Cinábrio da casa de Mosch Terpin — Como Mosch Terpin quis sair cavalgando em uma borboleta e tornar-se imperador, mas acabou indo para cama.

Logo ao raiar da alvorada, quando os caminhos e ruas ainda estavam desertos, Balthasar esgueirou-se para dentro de Kerepes e correu imediatamente para a casa de seu amigo Fabian. Ao bater à porta de entrada, ouviu uma voz doente e fraca chamando: "Entre!"

Pálido, desfigurado e com a dor do desespero estampada no rosto, Fabian encontrava-se estendido sobre o leito.

— Pelos céus — exclamou Balthasar —, pelos céus! Fale, amigo! O que lhe aconteceu?

— Ah, amigo — disse Fabian com voz entrecortada, soerguendo-se com dificuldade —, estou acabado, totalmente acabado. A maldita bruxaria com a qual, bem sei, o vingativo Prosper Alpanus me amaldiçoou está levando-me à perdição!

— Como é possível isso? — indagou Balthasar. — Encantamento, bruxaria, você costumava não acreditar nestas coisas.

— Ah — continuou Fabian com voz chorosa —, ah, agora acredito em tudo, em mágicos e bruxas e gnomos e ondinas, no rei dos camundongos e na mandrágora... Acredito em tudo que você quiser. Quando alguém está com a corda no pescoço, como é o meu caso, o melhor é se render! Com certeza você se recorda do escândalo infernal causado pelo meu casaco quando vínhamos da casa de Prosper Alpanus!... Pois é! Quisera que tivesse ficado só nisso!... Olhe só ao seu redor, caro Balthasar!

Assim o fez Balthasar e avistou em todas as paredes ao redor uma enorme quantidade de casacas, sobretudos, jaquetas, de todos os feitios possíveis, de todas as cores possíveis.

— Como? — exclamou ele. — Será que você pretende abrir um negócio de roupas, Fabian?

— Não zombe — revidou Fabian —, não zombe de mim, querido amigo. Todas estas vestimentas eu encomendei aos mais famosos alfaiates na eterna expectativa de finalmente poder escapar da funesta maldição que paira sobre meus casacos, mas inutilmente. Tão logo esteja usando por alguns minutos um casaco — belíssimo, e que me assenta como uma luva — as mangas encolhem até chegar aos ombros e as caudas meneiam atrás de mim, atingindo o tamanho de seis côvados.[1] "Em meu desespero mandei confeccionar aquela jaqueta com descomunais mangas de Pierrô: 'Agora, mangas, encolham-se', pensei, "estiquem-se agora, caudas, que tudo ficará em ordem"; entretanto... em poucos minutos sucedia exatamente a mesma coisa que a todos os outros casacos! Nem toda a arte e empenho dos mais hábeis alfaiates conseguiu vencer o maldito feitiço! Que eu fui objeto de ridicularização e mofa onde quer que aparecesse, nem é preciso dizer, mas a minha — inocente — obstinação em repetir minhas aparições nesses casacos endemoniados em breve suscitou críticas de um tipo muito diferente. O menor dos males foi a reprovação das mulheres, que me taxaram de desabrido e desmesuradamente vaidoso, já que, contrariando os bons costumes, insisto em comparecer em pú-

---

[1] "Elle": cúbito, osso do antebraço; daí a antiga unidade de medida. Seis cúbitos, ou côvados, equivalem aproximadamente a quatro metros.

blico com os braços nus, provavelmente por julgá-los muito belos. Os teólogos, porém, logo apregoaram que sou um sectário; divergindo apenas quanto a se eu pertenço à seita dos manganianos ou dos caudanianos, embora concordassem em que ambas as seitas são extremamente perigosas uma vez que ambas têm por preceito a total liberdade da vontade e se atrevem a pensar o que querem. Os diplomatistas consideraram-me um indigno agitador. Afirmaram que, com minhas longas caudas, pretendo excitar o descontentamento do povo e torná-lo hostil ao governo, e que, além disso, eu pertenço a uma liga secreta cuja insígnia é uma manga curta. Já há muito tempo, segundo eles, podem ser encontrados aqui e acolá vestígios dos manga-curtas, que são tão ameaçadores quanto os jesuítas, ou até mais do que estes, uma vez que se esforçam para introduzir em todas as partes a poesia — perniciosa a qualquer Estado — e põem em dúvida a infalibilidade dos príncipes. Em suma, a situação foi se agravando mais e mais até que o reitor mandou chamar-me. Considerando que minha desgraça estaria selada se usasse um casaco, compareci apenas de colete. Isto enfureceu o reitor que, acreditando tratar-se de uma zombaria da minha parte, intimou-me rispidamente a aparecer diante dele dentro de oito dias vestindo um casaco sensato e decente, caso contrário determinaria sem misericórdia a minha expulsão. Hoje expira este prazo! Oh, infeliz de mim!... Oh, maldito Prosper Alpanus...

— Pare — exclamou Balthasar —, pare, querido amigo Fabian, não dirija insultos contra meu caro e amado tio, que me presenteou com uma propriedade no campo. Também a *você* ele não quer assim tão mal, muito embora tenha castigado de modo demasiado duro, devo convir, a petulância com que você o tratou. Mas eu lhe trago ajuda! Ele mandou entregar-lhe esta caixinha, que deve pôr fim a todo o seu sofrimento.

Com isso, Balthasar retirou do bolso a pequena caixinha

em forma de tartaruga que recebera de Prosper Alpanus e entregou-a ao desconsolado Fabian.

— E como poderá — disse este —, e como poderá esta estúpida bugiganga ajudar-me? Como pode uma pequena caixinha em forma de tartaruga ter influência sobre a forma de meus casacos?

— Isto eu ignoro — replicou Balthasar —, mas meu querido tio não pode nem vai me iludir, tenho nele a mais absoluta confiança; portanto, abra a caixa, querido Fabian, e vejamos o que ela contém.

Fabian assim o fez... E da caixa irrompeu uma casaca preta, esplendidamente bem feita, do mais fino tecido. Ambos, Fabian e Balthasar, não puderam reprimir uma exclamação de assombro.

— Ah! Agora compreendo-o — exclamou Balthasar exultante. — Ah! Agora compreendo-o, meu caro Prosper, meu amado tio! Este casaco irá servir, irá desfazer todo o encantamento.

Fabian vestiu sem mais tardar a casaca e aquilo que Balthasar previra de fato aconteceu. O belo traje assentou em Fabian como nenhum antes o fizera, e nem se podia pensar na hipótese das mangas encolherem ou das caudas se alongarem.

Fora de si de contentamento, Fabian decidiu então correr imediatamente ao reitor, vestido em seu casaco novo que lhe caía tão bem, e pôr tudo em ordem.

Balthasar contou então em detalhes a seu amigo Fabian tudo o que lhe sucedera com Prosper Alpanus, e como este lhe fornecera os meios para pôr um fim aos infames abusos do deformado Pequeno Polegar. Fabian, que se tornara totalmente outro desde que perdera seu obstinado ceticismo, exaltou em grande escala a insigne generosidade de Prosper e ofereceu-se para prestar ajuda quando do desencantamento de Cinábrio. Nesse momento Balthasar avistou pela janela seu amigo, o referendário Pulcher, que, com ar muito tristonho, fazia menção de dobrar a esquina furtivamente.

A pedido de Balthasar, Fabian pôs a cabeça para fora da janela, acenou, e chamou o referendário, convidando-o a subir sem mais demora.

Assim que Pulcher entrou, foi logo exclamando:

— Mas que casaco primoroso você está usando, meu caro Fabian! — ao que Fabian respondeu que Balthasar iria explicar-lhe tudo, e saiu para encontrar o reitor.

Quando Balthasar chegou ao fim de sua minuciosa narrativa sobre todos os últimos acontecimentos, o referendário exclamou:

— Está realmente na hora de esse demônio repugnante ser morto. Saiba que ele celebrará hoje as solenidades de seu noivado com Cândida, e que o vaidoso Mosch Terpin oferecerá um grande festim para o qual convidou até mesmo o príncipe. Exatamente no momento dessa comemoração forçaremos a entrada na casa do professor e atacaremos o pequeno. Com toda a certeza não hão de faltar velas no salão para queimar os cabelos malignos.

Os amigos tinham conversado e combinado um com o outro ainda várias coisas, quando Fabian entrou com o rosto resplandecente de alegria.

— O poder — disse ele —, o poder do casaco que brotou da caixa em forma de tartaruga confirmou-se de forma espetacular. Assim que entrei na sala do reitor, ele sorriu satisfeito. "Ah!", disse-me ele, "ah! Noto que o senhor, meu prezado Fabian, retornou de seu singular extravio! Bem, pessoas impetuosas como o senhor deixam-se facilmente arrastar a extremos! Nunca tomei seu comportamento por exaltação religiosa... antes por um patriotismo mal-interpretado... por uma propensão ao extraordinário, baseado no exemplo dos heróis da Antiguidade... Realmente, um casaco assim formoso e bem ajustado, isso sim! Bem-aventurado é o Estado, bem-aventurado é o mundo

OITAVO CAPÍTULO

se jovens magnânimos usam casacos com mangas e caudas assim tão bem ajustadas. Permaneça fiel, Fabian, permaneça fiel a esta virtude e a esta retidão de espírito, pois disso nasce a verdadeira grandiosidade heroica!" O reitor abraçou-me enquanto grossas lágrimas lhe vinham aos olhos. Eu mesmo não sei como tive a ideia de retirar a pequena caixa em forma de tartaruga, da qual o casaco surgira, e que eu enfiara em meu bolso. "Permita-me", disse o reitor enquanto juntava as pontas do polegar e do indicador. Sem saber se ela realmente continha tabaco, ergui a tampa da caixinha. O reitor introduziu nela os dedos, aspirou, tomou minha mão, apertou-a com força e, enquanto as lágrimas lhe rolavam pela face, disse profundamente comovido: "Nobre jovem!... uma bela pitada!... Tudo está perdoado e esquecido, venha almoçar hoje em minha casa!" Como vocês estão vendo, amigos, todo o meu sofrimento teve um fim e, se formos bem sucedidos no desencantamento de Cinábrio, como certamente o seremos, também *vocês* serão felizes daí em diante!

No salão iluminado por uma centena de velas estava postado o pequeno Cinábrio em uma vestimenta vermelho escarlate coberta de bordados, a grande ordem do Tigre Mosqueado de Verde com Vinte Botões ao peito, espada à cinta e chapéu emplumado sob o braço. A seu lado, a encantadora Cândida, vestida de noiva e radiante de graça e juventude. Cinábrio havia tomado sua mão e apertava-a de tempos em tempos contra os lábios enquanto sorria e fazia caretas de modo assaz repugnante. E a cada vez um forte rubor afluía às faces de Cândida, e ela fitava o pequeno com a expressão do mais profundo amor. Era realmente uma cena horrenda de se presenciar, e somente o ofuscamento provocado em todos pelo feitiço de Cinábrio impedia que, enraivecidos com o atroz cativeiro de Cândida, agarrassem o pequeno bruxo e o atirassem ao fogo da lareira. Os convivas haviam se reunido à volta do casal, formando um círculo em reverente distância. Somente o príncipe Barsanuph estava ao lado de Cândida e esforçava-se por distribuir ao derredor expressivos olhares de benevolência, os quais, no entanto, não eram especialmente notados. Todos só tinham olhos para o casal de noivos e atentamente ouviam Cinábrio que, de quando em quando, rosnava algumas palavras incompreensíveis, as quais a cada vez eram seguidas por um "Ah!" que o grupo lançava em voz baixa em sinal da mais alta admiração.

Chegara o momento de trocar os anéis de noivado. Mosch Terpin adentrou o círculo com uma bandeja sobre a qual refulgiam os anéis. Tossiu um pouco para limpar a garganta... Cinábrio ergueu-se na ponta dos pés tão alto quanto lhe era possível, alcançando quase a altura dos cotovelos da noiva... Todos ficaram imóveis na mais tensa expectativa... De repente fazem-se ouvir vozes estranhas, a porta do salão é aberta com estardalhaço e Balthasar força sua entrada, com ele Pulcher e Fabian! Eles invadem o círculo...

— Que é isto, que querem os estranhos? — exclamam todos na confusão.

O príncipe Barsanuph grita apavorado:

— Sublevação... rebelião... guardas! — e salta para trás do para-fogo.

Mosch Terpin, reconhecendo Balthasar que avançara até bem perto de Cinábrio, brada:

— Senhor estudante!... Estará o senhor possesso? Perdeu a cabeça? Como ousa entrar à força aqui durante o noivado? Senhores... damas e cavaleiros... criados, atirem o grosseirão porta afora!

Sem, no entanto, dar a menor importância a qualquer coisa, Balthasar já havia tirado do bolso a luneta de Prosper e, através dela, concentra firmemente seu olhar na cabeça de Cinábrio. Como se atingido por uma descarga elétrica,

OITAVO CAPÍTULO

Cinábrio prorrompe em uma estridente gritaria, com miados que ecoam por todo o salão. Cândida cai sem sentidos em uma cadeira; o círculo de convivas, até então bem fechado, irrompe em todas as direções. Nitidamente visível aos olhos de Balthasar está a fulgurante listra de cabelos cor de fogo; ele salta para junto de Cinábrio... agarra-o enquanto este esperneia com as perninhas e se contorce e arranha e morde.

— Segurem-no... segurem-no! — grita Balthasar; então Fabian e Pulcher agarram o pequeno de modo a imobilizá-lo completamente e Balthasar toma com firmeza e precisão os fios de cabelo vermelho, arranca-os da cabeça com um único puxão e, saltando para junto da lareira, arremessa-os ao fogo; os cabelos crepitam nas chamas, ouve-se um estrondo ensurdecedor e todos acordam como de um sonho. Lá está o pequeno Cinábrio que a duras penas se levantara do chão e, prorrompendo em insultos e repreensões, ordena que os arruaceiros que atentaram contra a sagrada pessoa do primeiro ministro do Estado sejam imediatamente agarrados e metidos no mais profundo calabouço! Mas um pergunta ao outro:

— Mas de onde terá surgido de repente esse sujeitinho fazendo tais cambalhotas? Que quer o monstrengo?

E, como o Pequeno Polegar continua a fazer estripulias e a bater no chão com seus pezinhos e entremear tudo isso com gritos de: "Eu sou o ministro Cinábrio... eu sou o ministro Cinábrio... o Tigre Mosqueado de Verde com Vinte Botões!", todos rompem em uma furiosa gargalhada. O pequeno é cercado, os homens levantam-no e começam a jogá-lo um para o outro como uma bola de pela; os botões da insígnia soltam-se do seu corpo um atrás do outro... ele perde o chapéu, a espada, os sapatos... O príncipe Barsanuph sai detrás do para-fogo e avança em meio ao tumulto. Nesse momento o pequeno berra:

— Príncipe Barsanuph... Sua Excelência... salve seu

ministro... seu preferido!... socorro... socorro... o Estado está em perigo... o Tigre Mosqueado de Verde... ai de mim... ai de mim!

O príncipe dirige um olhar furioso para o pequeno e encaminha-se apressadamente para a porta. Mosch Terpin atravessa-lhe o caminho e o príncipe o agarra e puxa para um canto, dizendo com olhos brilhando de ira:

— O senhor tem a audácia de representar aqui esta ridícula comédia para seu príncipe, seu soberano? O senhor convida-me para o noivado de sua filha com meu digno ministro Cinábrio e, em vez de meu ministro, encontro aqui um horrendo aleijão que o senhor enfiou em trajes faustosos! Saiba, meu senhor, que esta brincadeira é uma traição contra o Estado, a qual eu castigaria severamente se o senhor não fosse uma pessoa completamente tola que merece ser internada em uma casa de loucos! Eu o destituo do cargo de Diretor Geral dos Assuntos Naturais e proíbo-o terminantemente de continuar seus estudos em minha adega!... *Adieu*!

E com isso afastou-se intempestivamente.

Mas Mosch Terpin, trêmulo de raiva, lançou-se contra o pequeno, agarrou-o pelos longos cabelos desgrenhados e correu com ele até a janela:

— Fora — gritou ele —, fora, seu infame e abjeto aleijão que me enganou de forma tão ultrajante e me arrebatou toda a felicidade da vida!

Ele pretendia arremessar o pequeno para fora através da janela aberta, mas o intendente do Gabinete de Zoologia, que também se encontrava presente, acorreu com a rapidez de um raio, segurou o pequeno e arrancou-o dos punhos de Mosch Terpin.

— Pare — disse o intendente —, pare, senhor professor, não atente contra uma propriedade do principado. Não se trata de um aleijão, trata-se de *Mycetes Belzebub, Simia Belzebub*, que fugiu do museu.

OITAVO CAPÍTULO

"*Simia Belzebub... Simia Belzebub!*", as exclamações ressoaram de todos os lados em meio a sonoras risadas. Entretanto, mal o intendente tomou o pequeno no colo e olhou-o com atenção, ele exclamou zangado:

— Que estou vendo?... Este não é *Simia Belzebub*, mas sim uma mandrágora feia e impertinente! Sai! Sai!

E dizendo isso, atirou o pequeno no meio do salão. Ao som das altas gargalhadas sarcásticas dos convivas reunidos, o pequeno, guinchando e rosnando, correu porta afora, escada abaixo, para longe e mais longe, até sua casa, sem que nenhum de seus criados o notasse.

Enquanto tudo isso acontecia no salão, Balthasar se afastara rumo ao gabinete para o qual, conforme percebera, Cândida fora levada sem sentidos. Ele lançou-se a seus pés, apertou-lhe a mão contra os lábios e chamou-a pelos nomes mais doces. Finalmente ela despertou com um profundo suspiro e, ao avistar Balthasar, exclamou cheia de êxtase:

— Finalmente... finalmente você está aqui, meu amado Balthasar! Ah, eu quase sucumbi de saudade e de sofrimento de amor!... e ouvia sempre a melodia do rouxinol, a qual, tendo tocado a rosa púrpura, fez brotar o sangue do coração dela!

Então, esquecendo tudo ao seu redor, ela narrou-lhe como fora presa de um sonho mau e detestável, e como teve a impressão de que se tinha aninhado em seu coração um demônio horripilante, ao qual ela era obrigada a dedicar seu amor porque não podia fazer outra coisa. O demônio, contou, sabia disfarçar-se de modo a parecer-se com Balthasar. E quando ela pensava intensamente em Balthasar, sabia que o demônio não era Balthasar, contudo, de forma inexplicável, era como se tivesse que amar o demônio precisamente por causa de Balthasar.

Balthasar esclareceu-a tanto quanto era possível sem desorientar-lhe por completo os sentidos, de resto já agitados. Seguiram-se então, como costuma suceder entre jovens apaixonados, mil promessas, mil juramentos de amor e fidelidade eternos. Enquanto isso abraçavam-se e apertavam-se um ao outro contra o peito, com o ardor do mais terno afeto, completamente imersos em todo o deleite, em todo o êxtase do paraíso.

Mosch Terpin entrou torcendo as mãos e lamentando-se; com ele vinham Pulcher e Fabian que, sem resultados, procuravam consolá-lo.

— Não — bradava Mosch Terpin —, não, eu sou um homem totalmente derrotado! Não mais Diretor Geral de Todos os Assuntos Naturais do Estado! O fim dos estudos na adega do principado... o desfavor do príncipe... eu tencionava tornar-me cavaleiro do Tigre Mosqueado de Verde com pelo menos cinco botões... Tudo acabado!... Que dirá Sua Excelência, o digno ministro Cinábrio, quando ouvir que eu tomei um impertinente aleijão, o *Simia Belzebub cauda prehensili*, ou seja lá o que for, por ele! Oh, céus, também o ódio dele irá recair sobre mim! Alicante! Alicante!

— Mas caro professor — consolavam-no os amigos — excelentíssimo Diretor Geral, pondere que agora não há mais nenhum ministro Cinábrio! O senhor de modo algum se equivocou e, como nós todos, foi ludibriado pelo monstruoso homenzinho, graças ao dom mágico que este recebeu da fada Rosabelverde!

Balthasar então contou como tudo se deu desde o início. O professor foi ouvindo-o até Balthasar concluir, e então exclamou:

— Estarei acordado? Estarei sonhando? Bruxas... feiticeiros... fadas... espelhos encantados... simpatias... devo acreditar nesses disparates?

— Ah, prezado senhor professor — interrompeu-o Fabian —, se o senhor tivesse, como eu, usado por um certo tempo um casaco de mangas curtas e cauda longa, seria com certeza impressionante o número de coisas em que acreditaria!

OITAVO CAPÍTULO

— Sim — exclamou Mosch Terpin —, sim, foi isso mesmo... sim... um monstro enfeitiçado ludibriou-me... não me apoio mais sobre os pés... flutuo rumo ao teto... Prosper Alpanus vem me buscar... saio cavalgando montado em uma borboleta... sou penteado pela fada Rosabelverde... pela senhorita Rosenschön e torno-me ministro... rei... imperador!

E, dizendo isso, ele saltava pelo aposento e gritava e rejubilava-se, a ponto de todos temerem pelo seu juízo, até que, totalmente esgotado, recostou-se em uma poltrona. Então Cândida e Balthasar aproximaram-se dele. Eles falaram de como se amavam tão terna e profundamente, de como não poderiam viver um sem o outro, o que soava muito triste, motivo pelo qual Mosch Terpin de fato chorou um pouco.

— Tudo — disse soluçando —, tudo o que vocês quiserem, meus filhos! Casem-se, amem-se... Passem fome juntos, pois eu não darei à Cândida um vintém sequer...

No que se refere a passar fome, disse Balthasar sorrindo, ele esperava amanhã convencer o senhor professor de que isso nunca aconteceria, já que o seu tio, Prosper Alpanus, o provera mais do que suficientemente de meios de subsistência.

— Faça isso — disse o Professor debilmente —, faça isso, meu querido filho, se puder, mas amanhã, pois hoje, se não quiser sucumbir à loucura ou que minha cabeça arrebente, tenho que ir sem mais demora para a cama!

Foi o que de fato fez, naquele mesmo momento.

NONO CAPÍTULO

Embaraço de um leal valete de quarto – Como a velha Liese fomentou uma rebelião e o ministro Cinábrio escorregou durante a fuga – A singular maneira pela qual o médico da Corte explicou a morte repentina de Cinábrio – Como o príncipe Barsanuph ficou entristecido, comeu cebolas, e como a perda de Cinábrio permaneceu irreparável.

A carruagem do ministro Cinábrio ficara estacionada em vão durante quase toda a noite diante da casa de Mosch Terpin. Por vezes seguidas foi assegurado ao lacaio que Sua Excelência já devia ter saído do serão há muito tempo; mas o lacaio acreditava, ao contrário, que isso era totalmente impossível, pois Sua Excelência não poderia ter corrido a pé para casa, na chuva e tempestade. Quando afinal todas as luzes foram apagadas e as portas fechadas, o lacaio viu-se obrigado a partir com o carro vazio, mas, uma vez na casa do ministro, acordou imediatamente o valete de quarto e perguntou-lhe, pelo amor dos céus, se o ministro, afinal, havia retornado à casa, e de que maneira.

– Sua Excelência – respondeu o valete de quarto em voz baixa ao ouvido do lacaio –, Sua Excelência chegou ontem ao anoitecer, quanto a isso não há a menor dúvida... está deitado na cama e dorme... Mas... oh, meu bom lacaio! Como... de que maneira!... Vou contar-lhe tudo... Mas bico calado... Eu estarei perdido se Sua Excelência ficar sabendo que era eu que estava no corredor escuro! Eu perderia meu emprego, pois Sua Excelência, embora seja de baixa estatura, é bastante violento, altera-se com facilidade, perde o controle quando está irado; ainda ontem, quando um impertinente camundongo cometeu a temeridade de saltitar pelo quarto de Sua Excelência, desembainhou a espada e atravessou-o de ponta a ponta. Mas enfim! Ao anoitecer, vesti minha capa, tencionando sair bem de mansinho até uma pequena taverna para uma partida de gamão. Nesse momento ouço, vindo ao meu encontro na escada, batendo e arrastando os pés, algo que passa no corredor escuro por entre minhas pernas, cai batendo no chão e solta um miado estridente e grunhe então como... oh, Deus... lacaio... fique de boca fechada, nobre homem, senão estarei acabado! Aproxime-se um pouco mais... e grunhe então como a nossa digníssima Excelência costuma grunhir quando o cozinheiro deixa queimar a coxa de vitelo ou quando algo no governo não vai conforme o seu gosto.

As últimas palavras foram cochichadas pelo valete de quarto enquanto mantinha a mão em concha no ouvido do lacaio. O lacaio recuou sobressaltado, em seu rosto desenhou-se uma expressão de dúvida, e exclamou:

— Será possível?

— Sim — continuou o valete de quarto —, sem a menor dúvida, aquilo que me passou entre as pernas no corredor era a nossa digníssima Excelência. Ouvi então claramente como o digníssimo arrastou as cadeiras nos aposentos, abrindo as portas de um cômodo após outro até chegar ao seu quarto de dormir. Eu não ousei segui-lo, mas algumas horinhas depois aproximei-me sorrateiramente e pus-me à escuta à porta do quarto de dormir. A estimada Excelência estava roncando exatamente do modo como costuma fazer quando algo de importante está a caminho. Lacaio, há mais coisas no céu e na terra do que sonha a nossa sabedoria,[1] ouvi isso uma vez no teatro, de um príncipe melancólico todo vestido de negro e que tinha muito medo de

---

[1] Shakespeare, *Hamlet*, ato I, cena 5: "There are more things in heaven and earth, / Horatio, than are dreamt of in your philosophy". (Versos 166–7.)

um homem totalmente vestido de papelão cinza. Lacaio... ontem aconteceu algo estupendo que impeliu a Excelência para casa. O príncipe esteve na casa do professor, talvez ele tenha expressado isso ou aquilo... alguma bela reformazinha... e lá se vai imediatamente o ministro pôr mãos à obra, abandona o noivado e começa a trabalhar para o bem do governo. Já no ronco eu percebi isso; sem dúvida, algo grande, algo decisivo irá acontecer! Oh, lacaio... talvez mais cedo ou mais tarde todos nós deixemos novamente crescer as tranças! Mas vamos descer, caro amigo, e, como criados fiéis, ouvir à porta do quarto de dormir se Sua Excelência ainda está tranquilamente deitado no leito e desenvolvendo seus secretos pensamentos.

Ambos, o valete de quarto e o lacaio, dirigiram-se na ponta dos pés até a porta e puseram-se à escuta. Cinábrio ronronava e emitia sons de órgão e assobiava nas mais curiosas modalidades tonais. Os dois criados ficaram parados em muda reverência, e o valete de quarto disse profundamente comovido:

— Um grande homem, de fato, é o nosso digníssimo senhor ministro!

Bem cedo pela manhã já se formara um grande tumulto na parte térrea da casa do ministro. Uma velha camponesa, trajando um miserável vestido de domingo já há muito descorado, havia forçado sua entrada e insistido junto ao porteiro para ser conduzida imediatamente ao seu filhinho, o pequeno Zacarias. O porteiro havia lhe declarado que na casa morava Sua Excelência, o senhor ministro Cinábrio, cavaleiro do Tigre Mosqueado de Verde com Vinte Botões, e que ninguém da criadagem se chamava pequeno Zacarias ou era assim apelidado. Diante disso, porém, a mulher gritara jubilosa como uma louca que o senhor ministro Cinábrio com Vinte Botões era justamente seu querido filhinho, pequeno Zacarias. A gritaria da mulher e as ressoantes imprecações do porteiro fizeram todo o

NONO CAPÍTULO

pessoal da casa aproximar-se, e o alarido foi se avolumando mais e mais. Quando o valete de quarto desceu para dispersar as pessoas que tão insolentemente estavam perturbando Sua Excelência em seu descanso matinal, a mulher, que todos tomavam por louca, foi expulsa da casa.

Sentada então nos degraus de pedra da casa em frente, a mulher soluçava e lamentava-se por aquela gente rude lá dentro não querer deixá-la ver seu filhinho do coração, o pequeno Zacarias, que se tornara ministro. Pouco a pouco, muitas pessoas foram se reunindo em torno dela, para as quais ela continuamente repetia que o ministro Cinábrio não era ninguém menos do que o seu filho, a quem ela na infância chamara de "pequeno Zacarias", de sorte que as pessoas por fim já não sabiam se deveriam considerá-la louca ou supor que havia realmente algo por trás daquela história.

A mulher não desviava os olhos da janela de Cinábrio. Subitamente ela fez soar uma alta gargalhada, bateu palmas e berrou jubilosa:

— Lá está ele... lá está ele, meu homenzinho do coração... meu pequeno duendezinho... Bom dia, pequeno Zacarias! Bom dia, pequeno Zacarias!

Todos olharam para cima e, quando avistaram o pequeno Cinábrio, em sua vestimenta escarlate e usando o cordão da ordem do Tigre Mosqueado de Verde, em pé diante de sua janela — que descia até o chão, de modo que toda a sua figura podia ser nitidamente visualizada pelas amplas vidraças - riram estrondosamente e fizeram grande alarido gritando: "Pequeno Zacarias... Pequeno Zacarias! Ah, vejam o pequeno babuíno enfeitado... o aleijão ridículo... a pequena mandrágora... Pequeno Zacarias! pequeno Zacarias!" O porteiro e todos os criados de Cinábrio correram para fora a fim de averiguar por que aquela gente ria e se divertia tão desmesuradamente. Contudo, mal avistaram seu senhor começaram a gritar e lançar gargalhadas furiosas de modo ainda mais escandaloso do que os outros: "Pequeno Zacarias... Pequeno Zacarias... homem-raiz... Pequeno Polegar... mandrágora!"

O ministro só agora parecia perceber que a algazarra infernal ali na rua não se dirigia a ninguém mais além dele próprio. Ele abriu bruscamente a janela, lançou para baixo olhares faiscando de cólera, gritou, vociferou, deu estranhos pulos de raiva... ameaçou com a guarda... com a polícia... cárcere e fortaleza.

Mas quanto mais a Excelência esbravejava furioso, mais frenéticos se tornavam o tumulto e as gargalhadas; começou-se a arremessar contra o infeliz ministro pedras, frutas, verduras, ou o que quer que se tivesse à mão... e ele teve que retirar-se para dentro!

— Deus do céu — exclamou horrorizado o valete de quarto —, era da janela da digníssima Excelência que o pequeno e abominável monstro estava olhando... O que é isso? Como o pequeno bruxo entrou nos aposentos?

Dizendo isso, subiu correndo mas, tal como antes, encontrou o quarto de dormir do ministro firmemente trancado. Ousou bater levemente! Nenhuma resposta!

Entrementes, só os céus sabem como, originaram-se em meio ao povo rumores abafados de que o ridículo monstrinho lá em cima era de fato o pequeno Zacarias, que tinha adotado o arrogante nome de Cinábrio e alcançado honrarias usando de todo tipo de imposturas. As vozes elevavam-se cada vez mais. "Abaixo com a pequena besta! Abaixo! Tirem do pequeno Zacarias a jaqueta de ministro a bastonadas! Tranquem-no na jaula! Exponham-no na feira por dinheiro! Cubram-no de ouropel e presenteiem-no como brinquedo às crianças! Subamos, subamos!" E com isso o povo lançou-se à invasão da casa.

O valete de quarto torcia desesperadamente as mãos.

— Rebelião... tumulto... Excelência... abra a porta...

NONO CAPÍTULO

salve-se! — gritava, mas nenhuma resposta, apenas um leve suspiro se fez ouvir.

A porta da casa foi arrombada; o povo, com risadas ferozes, galopou escada acima.

É agora ou nunca — disse o valete de quarto e arremessou-se com todas as forças contra a porta do quarto de dormir, a qual saltou dos gonzos com estalos e tinidos. Nada de Excelência... Nada de Cinábrio à vista!

— Excelência... digníssima Excelência... será possível que não esteja ouvindo a rebelião? Excelência... digníssima Excelência, onde diabos... Meu Deus, perdoe-me a blasfêmia, onde Sua Excelência se encontra?

Assim gritava o valete de quarto, no auge do desespero, correndo pelos aposentos. Mas nenhuma resposta, nenhum som, só o eco zombeteiro ressoava das paredes de mármore. Cinábrio parecia ter desaparecido sem deixar vestígios, sem ruído. Lá fora tudo ficara mais tranquilo; o valete de quarto escutou a voz grave e sonora de uma mulher que se dirigia ao povo e entreviu, olhando pela janela, como as pessoas pouco a pouco iam deixando a casa, cochichando baixinho uns com os outros e lançando olhares inquietos rumo às janelas.

— A rebelião parece ter acabado— disse o valete de quarto. — Agora a digníssima Excelência provavelmente vai deixar seu esconderijo.

Ele retornou ao quarto de dormir, supondo que afinal o ministro devia encontrar-se lá.

Lançando olhares escrutinadores ao redor, percebeu que, de um belo vasilhame prateado com alças — que sempre costumava ficar bem ao lado da toalete, dado que o ministro muito o apreciava por tratar-se de um valioso presente do príncipe — emergiam finas e diminutas perninhas.

— Meu Deus... Meu Deus... — gritou o valete horrorizado. — Meu Deus! Meu Deus! Se eu não estiver completamente enganado aquelas perninhas ali pertencem à Sua

Excelência, o senhor ministro Cinábrio, meu digníssimo senhor!

Ele aproximou-se e, estremecendo com todos os calafrios do pavor, exclamou enquanto procurava entrever algo lá embaixo:

— Excelência... Excelência... pelo amor de Deus, o que está fazendo... que faz aí nas profundezas?

Como porém Cinábrio permanecia imóvel, o valete de quarto deu-se conta muito bem do perigo que envolvia Sua Excelência e de que chegara o momento de pôr de lado o respeito. Agarrou Cinábrio pelas perninhas... puxou-o para fora... Ai! Sem vida... A pequena Excelência estava sem vida! O valete de quarto irrompeu em altas lamentações. O lacaio e a criadagem acorreram às pressas, alguém foi correndo chamar o médico da Corte. Entrementes o valete de quarto enxugou com panos limpos o seu pobre e infeliz senhor, deitou-o sobre o leito e recobriu-o com almofadas de seda, de modo que só o pequeno rostinho encarquilhado permaneceu visível.

Nesse momento, entrou a senhorita von Rosenschön. Ela havia antes, o céu sabe como, pacificado o povo. Agora ela encaminhou-se para junto do falecido Cinábrio, seguida pela velha Liese, a própria mãe do pequeno Zacarias. Cinábrio, de fato, parecia mais formoso na morte do que jamais o fora em toda a sua vida. Os pequenos olhinhos estavam fechados, o narizinho muito branco, a boca levemente contraída em um doce sorriso mas, sobretudo, o cabelo castanho escuro resvalava em belíssimos cachos. A senhorita passou levemente a mão pela cabeça do pequeno e no mesmo instante surgiu, como um clarão, o débil reflexo de uma linha escarlate.

— Ah! — exclamou a senhorita enquanto seus olhos brilhavam de contentamento. — Ah, Prosper Alpanus! Grande mestre, você manteve sua palavra! Ele sujeitou-se ao seu destino, e expiadas estão as suas injúrias!

NONO CAPÍTULO

— Ah — disse a velha Liese —, ah, meu Deus, este não deve mesmo ser o meu pequeno Zacarias, *ele* nunca foi tão bonito. Foi portanto totalmente inútil a minha vinda à cidade, e a senhora não me deu um bom conselho, minha digníssima senhorita!

— Não se queixe, velha Liese — retorquiu a senhorita —, se tivesse seguido corretamente o meu conselho e se não tivesse irrompido nesta casa antes da minha chegada, tudo agora estaria melhor para você. Eu torno a lhe dizer, o pequeno que jaz ali morto no leito é com toda a certeza o seu filho, o pequeno Zacarias!

— Então — exclamou a mulher com olhos brilhantes —, então, se a pequena Excelência ali realmente é meu filho, eu herdarei todas estas belas coisas que estão aqui ao redor, toda a casa com tudo que estiver em seu interior?

— Não — disse a senhorita —, isso agora acabou definitivamente. Você perdeu o momento correto de ganhar fortuna e propriedades. Conforme eu já lhe disse, riquezas não lhe estão mesmo predestinadas.

— Então, será que eu não posso — continuou a mulher enquanto as lágrimas lhe subiam aos olhos —, será que eu não posso então ao menos colocar meu pobre e pequeno homenzinho no avental e carregá-lo para casa? O senhor nosso pastor tem tantos belos passarinhos e esquilinhos empalhados, pedirei que mande empalhar o meu pequeno Zacarias e eu o colocarei sobre meu armário tal qual está aí com o casaco vermelho, a fita larga e a grande estrela sobre o peito, para que fique sempre na lembrança!

— Esta é — exclamou a senhorita um tanto irritada —, esta é uma ideia completamente tola, isto está absolutamente fora de cogitação!

A mulher começou então a soluçar, a gemer e a se lamentar.

— O que eu ganho afinal — disse ela —, o que eu ganho

afinal por meu pequeno Zacarias ter alcançado altas dignidades e grande riqueza? Oxalá ele tivesse ficado comigo. Se eu o tivesse criado na minha pobreza ele nunca teria caído dentro daquela maldita coisa prateada, ele ainda estaria vivo e eu talvez tivesse através dele alegrias e bênçãos. Se eu o carregasse pelos arredores, em meu cesto de madeira, as pessoas teriam se apiedado e me lançado muitas belas moedinhas, mas agora...

Fizeram-se ouvir passos na ante-sala. A senhorita impeliu a velha para fora com a ordem de esperar lá embaixo, defronte à porta, pois antes de partir ela lhe confiaria um meio infalível para terminar de uma vez com toda sua miséria e aflição.

Então Rosabelverde mais uma vez chegou bem perto do pequeno e, com a doce voz tremendo em sinal da mais profunda compaixão, disse:

— Pobre Zacarias! Enjeitado da Natureza! Eu quis o seu bem! Sem dúvida foi tolice da minha parte acreditar que a dádiva bela mas apenas exterior com a qual o presenteei iluminaria seu interior, acordando uma voz que deveria dizer-lhe: "Você não é aquele por quem o tomam, entretanto, esforce-se para igualar-se àquele que lhe empresta suas asas para que você, pobre e desajeitado implume, alce voo às alturas!" Nenhuma voz, no entanto, despertou. Seu espírito apagado e indolente não tinha a faculdade de erguer-se e você não venceu sua estupidez, grosseria e desabrimento... Ah! Se você ao menos tivesse melhorado um pouquinho, ao invés de permanecer um rude pequeno boçal, teria escapado dessa ignominiosa morte! Prosper Alpanus cuidou para que agora você volte a ser considerado aquilo que, em vida, o meu poder o fazia parecer. Se eu puder ainda revê-lo sob a forma de pequeno escaravelho, esperto camundongo ou ágil esquilo, ficarei feliz! Durma em paz, pequeno Zacarias!

Quando Rosabelverde retirou-se do quarto, estava entrando o médico da Corte juntamente com o valete de quarto.

— Pelo amor de Deus — exclamou o médico quando avistou o corpo de Cinábrio e se convenceu de que seria totalmente inútil tentar chamá-lo à vida —, pelo amor de Deus, senhor camareiro, como se deu isso?

— Ah — respondeu este. — Ah, prezado senhor doutor, a rebelião ou revolução — é tudo a mesma coisa, chame-a como o senhor quiser — agitava-se lá fora na ante-sala com fúria e enorme alarido. Sua Excelência, preocupada em salvar sua preciosa vida, certamente quis refugiar-se na toalete, escorregou e...

— Então — disse em tom solene e emocionado o doutor —, então, por medo de morrer ele acabou deveras morrendo![2]

A porta foi aberta de um golpe e o príncipe Barsanuph precipitou-se para dentro com o semblante muito pálido, seguido de sete camaristas ainda mais pálidos.

— Será verdade, será verdade? — exclamou o príncipe. Mas tão logo divisou o cadáver do pequeno, recuou e, dirigindo os olhos ao céu, disse com uma expressão do mais profundo pesar: — Oh, Cinábrio! — e os sete camaristas repetiram as palavras do príncipe: — Oh, Cinábrio! — e, tal qual o príncipe, puxaram do bolso seus lenços e levaram-nos aos olhos.

— Que perda — começou o príncipe depois de um intervalo de silencioso lamento —, que perda irreparável para o Estado! Onde encontrar um homem que porte a Ordem do Tigre Mosqueado de Verde com *tanta* dignidade como o meu Cinábrio! Médico da Corte, como pôde permitir que *este* homem falecesse? Diga-me... como aconteceu, como pôde isso acontecer... qual foi a causa... De que faleceu o incomparável Cinábrio?

---

[2] Citação literal da peça *Alarcos*, segundo ato, de Friedrich Schlegel.

O médico da Corte observou o pequeno muito cuidadosamente, tocou diversas partes do corpo onde outrora houvera um pulso, passou a mão ao longo da cabeça, tossiu um pouco para limpar a garganta, e começou:

— Meu digníssimo senhor! Se eu me contentasse em flutuar na superfície, poderia dizer-lhe que o ministro faleceu devido à completa falta de ar; esta falta de ar foi ocasionada pela impossibilidade de respirar e esta impossibilidade por sua vez foi causada pela substância, pelo humor[3] no qual o ministro se precipitou. Eu poderia dizer que dessa maneira o ministro sofreu uma morte "humorística"... Mas longe de mim está tal superficialidade, longe de mim está a mania de querer explicar por meio de vis princípios físicos aquilo que só no campo do puramente psíquico encontra sua inabalável origem natural. Meu digníssimo príncipe, permita-me falar com toda a liberdade! O ministro deparou-se com o gérmen inicial de sua morte através da insígnia do Tigre Mosqueado de Verde com Vinte Botões!

— Como? — exclamou o príncipe enquanto fulminava o médico com olhos faiscando de cólera. — Como? O que está dizendo? A Condecoração do Tigre Mosqueado de Verde com Vinte Botões, que o finado usava, para o bem do Estado, com tanta graça, com tanta dignidade? *Ela* ser a causa de sua morte? Prove isso, ou... Camaristas, como se pronunciam a este respeito?

— Ele tem que provar, ele tem que provar, ou... — exclamaram os sete pálidos camaristas e o médico da Corte prosseguiu:

— Meu caro e digníssimo príncipe, vou prová-lo, portanto nada de "ou"! As coisas se interligam do seguinte modo: a pesada insígnia no cordão, mas especialmente os botões pelas costas, tiveram um efeito danoso sobre os gânglios da espinha dorsal. Concomitantemente a estrela da

---

[3] No jargão médico tradicional, os humores designam as diversas espécies de líquidos corporais.

NONO CAPÍTULO

Ordem provocava uma pressão contra aquela coisa nodosa e fibrosa entre o tripé[4] e a artéria superior do mesentério, que nós denominamos de plexo solar, e que predomina no tecido labiríntico do plexo nervoso. Este orgão dominante está relacionado da forma mais complexa com o sistema cerebral, e obviamente a agressão sofrida pelos gânglios também atuou de forma prejudicial sobre este último. Ora, a livre condução do sistema cerebral não é porventura a condição para a consciência, para a personalidade como expressão da mais perfeita junção do todo em um foco único? Não é o processo vital a atividade em ambas as esferas, isto é, no sistema de gânglios e no sistema cerebral? Enfim, para concluir, aquela agressão perturbou as funções do organismo psíquico. Inicialmente vieram ideias sombrias de inauditos sacrifícios pelo Estado pelo porte doloroso daquela condecoração etc. Essa disposição foi se tornando cada vez mais capciosa até que a completa desarmonia entre o sistema de gânglios e o sistema cerebral deu lugar, por fim, à total interrupção da consciência e total suspensão da personalidade. Este é o estado que nós designamos como "morte"! Sim, prezadíssimo senhor! O ministro já havia abandonado sua personalidade, estando por consequência já inteiramente morto quando se precipitou para o fundo daquela vasilha fatal. Assim, a sua morte não teve uma causa física, mas uma origem psíquica insondavelmente profunda.

— Médico da Corte — disse o príncipe agastado —, médico da Corte, o senhor já está tagarelando há meia hora e eu quero ir para o inferno se estiver entendendo uma única sílaba disso tudo. O que está querendo dizer com seu princípio físico e psíquico?

— O princípio físico — disse o médico retomando a palavra — é a condição para a vida puramente vegetativa, ao passo que o psíquico condiciona o organismo humano,

---

[4] Provavelmente o diafragma.

que deve sua existência ao espírito e à faculdade do pensamento.

— Continuo — exclamou o príncipe no auge da irritação —, continuo sem entendê-lo, seu incompreensível!

— Eu quero dizer — disse o doutor —, eu quero dizer, Alteza, que o físico se refere apenas à vida puramente vegetativa, destituída da capacidade de pensar, a exemplo das plantas, enquanto o psíquico se refere à capacidade de pensar. Como este último predomina no organismo humano, o médico sempre tem que começar pela faculdade do pensamento, pelo espírito, considerando o corpo apenas um vassalo do espírito, obrigado a submeter-se à vontade de seu senhor.

— Bah! — exclamou o príncipe —, bah! Deixe estar, médico da Corte! Cure meu corpo e não importune meu espírito, pois, da parte dele, nunca senti incômodo algum. De modo geral, médico da Corte, o senhor é um homem confuso, e se eu não estivesse aqui junto ao meu finado ministro e não estivesse comovido, eu saberia o que fazer! Pois então, camaristas! Derramemos mais algumas lágrimas aqui ao pé do catafalco do defunto e vamos em seguida à mesa.

O príncipe levou o lenço aos olhos e soluçou, os camaristas fizeram o mesmo, depois todos se retiraram.

Diante da porta encontrava-se a velha Liese, que trazia penduradas no braço algumas tranças de cebolas douradas, das mais magníficas que se pode imaginar. O olhar do príncipe recaiu por acaso sobre os frutos. Parou, a dor desapareceu de seu semblante, ele sorriu com doçura e bondade, dizendo:

— Não, em toda a minha vida eu nunca vi cebolas tão formosas. Elas devem ter um sabor dos mais excelentes. Estão elas à venda, minha boa senhora?

— Oh, sim — respondeu Liese fazendo uma profunda mesura —, oh, sim, digníssima Alteza, da venda das cebolas eu extraio os escassos meios para minha sobrevivência!

Elas são doces como mel puro; gostaria de experimentá-las, digníssimo senhor?

Dizendo isso ela apresentou ao príncipe uma trança com as cebolas mais exuberantes e reluzentes. Ele tomou-as, sorriu, deu alguns estalos com a língua e exclamou em seguida:

— Camaristas, um de vocês passe-me aí seu canivete!

Recebida a faca, o príncipe descascou uma cebola com cuidado e asseio, provando a seguir um pouco da sua polpa.

— Que sabor, que doçura, que força, que fogo! — exclamou ele, enquanto seus olhos brilhavam de entusiasmo. — Agora mesmo tenho a impressão de ver o finado Cinábrio diante de mim, acenando e sussurrando: "Compre... coma estas cebolas, meu príncipe... o bem do Estado o demanda!"

O príncipe colocou nas mãos da velha Liese algumas moedas de ouro e os camaristas tiveram que enfiar todas aquelas tranças de cebolas nos bolsos. Mais do que isso! Ele ordenou que ninguém mais além de Liese teria a concessão do fornecimento de cebolas para os almoços do príncipe. Foi dessa maneira que a mãe do pequeno Zacarias — sem de fato enriquecer — livrou-se de toda a miséria e infortúnio, para o quê, com toda a probabilidade, foi ajudada por algum encantamento secreto da boa fada Rosabelverde.

A cerimônia fúnebre do ministro Cinábrio foi uma das mais suntuosas que já se viram em Kerepes; o príncipe e todos os Cavaleiros do Tigre Mosqueado de Verde seguiram o féretro em luto profundo. Todos os sinos dobraram e até mesmo os dois morteiros, pelos quais o príncipe pagara um altíssimo preço e que estavam destinados aos fogos de artifício, deram repetidas salvas. Burgueses, pessoas do povo, todos choraram e se lamentaram pelo fato de que o Estado tinha perdido seu melhor arrimo e provavelmente nunca mais o governo voltaria a ser encabeçado por um homem com tão profunda inteligência, com tal magnitude de espírito, com tal clemência, com tão infatigável zelo pelo bem geral, como Cinábrio.

De fato, a perda permaneceu irreparável, pois consta que nunca mais foi encontrado um ministro ao qual a Condecoração do Tigre Mosqueado de Verde com Vinte Botões assentasse tão bem ao corpo como ao inesquecível falecido Cinábrio.

ÚLTIMO CAPÍTULO

Tristes súplicas do autor — Como o professor Mosch Terpin se acalmou e Cândida nunca poderia ficar agastada — Como um escaravelho dourado zumbiu algo no ouvido de Prosper Alpanus, este se despediu e Balthasar foi feliz no casamento.

Chegou o momento de despedida daquele que escreveu estas páginas para você, querido leitor, e, neste instante, ele é acossado pela tristeza e inquietação... Ainda muito, muito mais ele poderia narrar acerca dos singulares feitos do pequeno Cinábrio e ele teria grande vontade — visto que, de qualquer forma, sentiu-se irresistivelmente estimulado em seu íntimo a escrever a presente história — de ainda contar-lhe tudo, oh, meu leitor. Contudo!... Olhando em retrospectiva para todos os acontecimentos, tal como estão apresentados nos nove capítulos, ele sente claramente que deles já constam coisas tão estranhas, estapafúrdias e contrárias ao sóbrio bom senso que, se ele acumulasse um número ainda maior delas, fatalmente correria o perigo de abusar de sua indulgência, querido leitor, e indispor-se completamente com você. Na tristeza, na inquietação que subitamente vieram angustiar-lhe o coração quando escreveu "Último Capítulo", ele lhe pede que, com uma disposição verdadeiramente alegre e despreocupada, contemple ou, mais do que isso, torne-se mesmo amigo das estranhas figuras que foram inspiradas ao poeta pelo espírito endiabrado chamado Phantasus,[1] a cuja natureza bizarra e caprichosa ele talvez tenha se abandonado em demasia... Não se amue, portanto, com ambos: com o poeta e o espírito caprichoso!... Se você, amado leitor, tiver sorrido de vez

---

[1] Título da coletânea de contos publicada em 1812 por Ludwig Tieck.

em quando em seu íntimo, então você terá experimentado aquele estado de espírito que desejou o escritor destas páginas, e assim, ele acredita, você lhe perdoará muitas coisas!...

Na verdade, a história poderia ter se encerrado com a morte trágica do pequeno Cinábrio. Não é, contudo, mais agradável se, ao invés de um triste funeral, o final consistir em um alegre festejo de casamento?

Vejamos, portanto, rapidamente o destino da graciosa Cândida e do bem-aventurado Balthasar...

O professor Mosch Terpin era em geral um homem esclarecido e experimentado, que, de acordo com o dizer *Nil admirari*, não costumava há muitos e muitos anos espantar-se com nada. Mas agora aconteceu que ele, renunciando a toda sua sabedoria, foi obrigado a surpreender-se mais e mais, de modo que, por fim, queixava-se de não mais saber se era de fato o professor Mosch Terpin, que outrora dirigira os assuntos do governo referentes à Natureza, e se de fato ainda passeava sobre os queridos pés, tendo a cabeça ao alto.

Em primeiro lugar, ele ficou assombrado quando Balthasar lhe apresentou o doutor Prosper Alpanus como seu tio, e este lhe exibiu o termo de doação de acordo com o qual Balthasar se tornava o proprietário de uma casa de campo distante uma hora de Kerepes, bem como de um bosque, áreas de plantio e pradarias; e quando, mal dando crédito aos seus olhos, viu no inventário referências a soberbos móveis, inclusive a barras de ouro e prata, cujo valor ultrapassava em muito a riqueza do Tesouro do principado. Depois, surpreendeu-se quando contemplou, através da luneta de Balthasar, o suntuoso ataúde no qual jazia Cinábrio e teve subitamente a sensação de que nunca houvera um ministro Cinábrio, somente um fedelho pequeno, grosseiro e desabrido, que erroneamente fora tomado por um sábio e inteligente ministro Cinábrio.

ÚLTIMO CAPÍTULO

O assombro de Mosch Terpin subiu, porém, ao mais alto grau quando Prosper Alpanus o conduziu através da casa de campo, mostrando-lhe sua biblioteca e outras coisas muito prodigiosas, fazendo inclusive alguns experimentos realmente deslumbrantes com estranhas plantas e animais.

O professor compreendeu repentinamente que suas pesquisas com a Natureza bem poderiam estar totalmente equivocadas, e que estava encerrado em um esplêndido e colorido mundo mágico tal como em um ovo. Este pensamento o inquietou tanto que, por fim, começou a lamentar-se e a chorar como uma criança. Balthasar conduziu-o imediatamente à ampla adega, na qual ele avistou barris luzidios e garrafas resplandecentes. Aqui ele poderia, dizia Balthasar, estudar ainda melhor do que na adega do principado, e, no belo parque, investigar suficientemente a Natureza.

Diante disso, o professor acalmou-se.

As bodas de Balthasar foram celebradas na casa de campo. Ele, os amigos Fabian e Pulcher, todos ficaram atônitos diante da suprema beleza de Cândida, diante do mágico encanto que havia em sua vestimenta e em todo o seu ser. De fato, um encantamento a envolvia, pois a fada Rosabelverde, esquecendo todas as mágoas e comparecendo à celebração do casamento como a reclusa von Rosenschön, havia vestido Cândida pessoalmente e adornado-a com as rosas mais belas e magníficas. Ora, é notório que um vestido cai bem quando passou pelas mãos de uma fada. Além disso, Rosabelverde havia ofertado à graciosa noiva um colar que fulgurava de modo soberbo e tinha um efeito mágico: uma vez colocada a joia, Cândida jamais ficaria agastada com coisas insignificantes como uma fita mal presa, um penteado malsucedido, uma mancha na roupa ou algo desse tipo. Essa qualidade, que lhe dava o colar, espalhava por todo o seu semblante uma graça e jovialidade muito especiais.

O casal de noivos estava no auge da felicidade mas, mesmo assim – tal era o efeito magnífico do secreto e sábio encantamento de Alpanus –, ainda tinham um olhar e uma palavra afetuosa para seus amigos queridos que ali se achavam reunidos. Prosper Alpanus e Rosabelverde cuidaram para que os mais belos prodígios glorificassem o dia das bodas. Em todos os cantos, vindos das moitas e árvores, soavam doces sons amorosos, enquanto mesas luzentes se erguiam carregadas dos mais esplêndidos manjares e de garrafas de cristal das quais jorrava o mais nobre dos vinhos, que derramava a chama vital em todas as veias dos convivas.

Ao cair da noite, arco-íris flamejantes se estiraram sobre todo o parque, e viam-se pássaros e insetos reluzentes que flutuavam para cima e para baixo e, ao agitar suas asas, faziam surgir milhões de faíscas que, em permanente mutação, formavam todo tipo de graciosas figuras, as quais dançavam e esvoaçavam e desapareciam por detrás dos arbustos. Enquanto isso, soava mais forte a música da floresta e o vento da noite soprava murmurando misteriosamente e exalando doces perfumes.

Balthasar, Cândida e os amigos reconheceram o poderoso encantamento de Alpanus, mas Mosch Terpin, semiembriagado, explodiu em risos, julgando que por detrás de tudo aquilo não havia outro senão aquele sujeito temerário, o maquinista da ópera e fogueteiro do príncipe.

Soaram estridentes toques de sino. Um resplandecente escaravelho dourado desceu dos ares, sentou-se sobre o ombro de Prosper Alpanus e pareceu zumbir-lhe baixinho ao ouvido.

Prosper Alpanus levantou-se de seu assento e disse, sério e solene:

– Amado Balthasar... graciosa Cândida... meus amigos!... Chegou o momento... Lothos está chamando... preciso partir.

Em seguida aproximou-se do casal e conversou em voz baixa com eles. Ambos, Balthasar e Cândida, estavam muito enternecidos. Prosper Alpanus parecia dar-lhes toda sorte de bons ensinamentos, e abraçou-os com fervor.

Ele então voltou-se para a senhorita von Rosenschön e também conversou com ela em voz baixa, ela provavelmente lhe dava incumbências em assuntos de magia e de fadas, que ele de bom grado aceitou.

Nesse meio tempo, uma pequena carruagem de cristal com duas libélulas cintilantes à trela, conduzida pelo faisão prateado, viera pelos ares e pousara.

— Adeus... adeus! — Prosper Alpanus exclamou, entrou na carruagem e afastou-se, flutuando sobre o arco-íris flamejante, até seu veículo finalmente assumir, nas alturas, a aparência de uma pequena estrela brilhante, que terminou por ocultar-se detrás das nuvens.

— Belo aeróstato! — roncou Mosch Terpin e, vencido pela força do vinho, mergulhou em um sono profundo.

Balthasar, tendo sempre em mente os ensinamentos de Prosper Alpanus e fazendo bom uso da posse da maravilhosa casa de campo, tornou-se de fato um bom poeta e, visto que as demais qualidades da propriedade — que Prosper elogiara com referência à encantadora Cândida — confirmaram-se plenamente, e visto também que Cândida jamais retirou o colar que lhe fora dado pela dama reclusa von Rosenschön como presente de casamento, não pôde deixar de ocorrer que Balthasar vivesse o mais feliz dos casamentos, com todas as alegrias e todo o esplendor, tal como provavelmente jamais fora dado a um poeta com uma esposa jovem e bela.

E assim o conto de fadas do pequeno Zacarias, chamado Cinábrio, chegou, real e definitivamente, a um alegre

FIM

Violinista burlesco da série "Les Gobbi", de Jacques Callot

TÍTULOS PUBLICADOS

1. *Iracema*, Alencar
2. *Don Juan*, Molière
3. *Contos indianos*, Mallarmé
4. *Auto da barca do Inferno*, Gil Vicente
5. *Poemas completos de Alberto Caeiro*, Pessoa
6. *Triunfos*, Petrarca
7. *A cidade e as serras*, Eça
8. *O retrato de Dorian Gray*, Wilde
9. *A história trágica do Doutor Fausto*, Marlowe
10. *Os sofrimentos do jovem Werther*, Goethe
11. *Dos novos sistemas na arte*, Maliévitch
12. *Mensagem*, Pessoa
13. *Metamorfoses*, Ovídio
14. *Micromegas e outros contos*, Voltaire
15. *O sobrinho de Rameau*, Diderot
16. *Carta sobre a tolerância*, Locke
17. *Discursos ímpios*, Sade
18. *O príncipe*, Maquiavel
19. *Dao De Jing*, Laozi
20. *O fim do ciúme e outros contos*, Proust
21. *Pequenos poemas em prosa*, Baudelaire
22. *Fé e saber*, Hegel
23. *Joana d'Arc*, Michelet
24. *Livro dos mandamentos: 248 preceitos positivos*, Maimônides
25. *O indivíduo, a sociedade e o Estado, e outros ensaios*, Emma Goldman
26. *Eu acuso!*, Zola | *O processo do capitão Dreyfus*, Rui Barbosa
27. *Apologia de Galileu*, Campanella
28. *Sobre verdade e mentira*, Nietzsche
29. *O princípio anarquista e outros ensaios*, Kropotkin
30. *Os sovietes traídos pelos bolcheviques*, Rocker
31. *Poemas*, Byron
32. *Sonetos*, Shakespeare
33. *A vida é sonho*, Calderón
34. *Escritos revolucionários*, Malatesta
35. *Sagas*, Strindberg
36. *O mundo ou tratado da luz*, Descartes

37. *O Ateneu*, Raul Pompéia
38. *Fábula de Polifemo e Galatéia e outros poemas*, Góngora
39. *A vênus das peles*, Sacher-Masoch
40. *Escritos sobre arte*, Baudelaire
41. *Cântico dos cânticos*, [Salomão]
42. *Americanismo e fordismo*, Gramsci
43. *O princípio do Estado e outros ensaios*, Bakunin
44. *O gato preto e outros contos*, Poe
45. *História da província Santa Cruz*, Gandavo
46. *Balada dos enforcados e outros poemas*, Villon
47. *Sátiras, fábulas, aforismos e profecias*, Da Vinci
48. *O cego e outros contos*, D.H. Lawrence
49. *Rashômon e outros contos*, Akutagawa
50. *História da anarquia (vol. 1)*, Max Nettlau
51. *Imitação de Cristo*, Tomás de Kempis
52. *O casamento do Céu e do Inferno*, Blake
53. *Cartas a favor da escravidão*, Alencar
54. *Utopia Brasil*, Darcy Ribeiro
55. *Flossie, a Vênus de quinze anos*, [Swinburne]
56. *Teleny, ou o reverso da medalha*, [Wilde et al.]
57. *A filosofia na era trágica dos gregos*, Nietzsche
58. *No coração das trevas*, Conrad
59. *Viagem sentimental*, Sterne
60. *Arcana Cœlestia* e *Apocalipsis revelata*, Swedenborg
61. *Saga dos Volsungos*, Anônimo do séc. XIII
62. *Um anarquista e outros contos*, Conrad
63. *A monadologia e outros textos*, Leibniz
64. *Cultura estética e liberdade*, Schiller
65. *A pele do lobo e outras peças*, Artur Azevedo
66. *Poesia basca: das origens à Guerra Civil*
67. *Poesia catalã: das origens à Guerra Civil*
68. *Poesia espanhola: das origens à Guerra Civil*
69. *Poesia galega: das origens à Guerra Civil*
70. *O chamado de Cthulhu e outros contos*, H.P. Lovecraft
71. *O pequeno Zacarias, chamado Cinábrio*, E.T.A Hoffmann
72. *Tratados da terra e gente do Brasil*, Fernão Cardim

Edição	Iuri Pereira
Co-edição	Bruno Costa e Jorge Sallum
Capa e projeto gráfico	Júlio Dui e Renan Costa Lima
Imagem de capa	Retrato de E.T.A. Hoffmann, *c.* 1822.
Programação em LaTeX	Marcelo Freitas
Assistência editorial	Bruno Domingos e Thiago Lins
Colofão	Adverte-se aos curiosos que se imprimiu esta obra nas oficinas da gráfica Vida & Consciência em 27 de maio de 2009, em papel off-set 90 gramas, composta em tipologia Walbaum Monotype de corpo oito a treze e Courier de corpo sete, em plataforma Linux (Gentoo, Ubuntu), com os softwares livres LaTeX, DeTeX, vim, Evince, Pdftk, Aspell, svn e trac.